홀릭

: 그의 직장 성공기

Holic
: 그의 직장 성공기 9

초판 1쇄 인쇄일 2016년 4월 20일 | **초판 1쇄 발행일** 2016년 4월 22일

지은이 복면작가 | **펴낸이** 곽중열 | **담당편집 팀장** 이범수
편집부 신연제 이윤아 김은경 홍현주

펴낸곳 (주)조은세상 | 출판등록 제 2002-23호
주소 경기도 연천군 미산면 청정로 1355
TEL 편집부 02)587-2966 | FAX 02)587-2922
e-mail bukdu@comics21c.co.kr

ⓒ복면작가 2015
ISBN 979-11-5832-520-6 | ISBN 979-11-5832-294-6(set) | 값 8,000원

홀릭

: 그의 직장 성공기

9

HOLIC

복면작가 현대 판타지 장편소설

NEO MODERN FANTASY STORY & ADVENTURE

북두
(주)좋은세상

CONTENTS

NEO MODERN FANTASY STORY & ADVENTURE

홀릭
: 그의 직장 성공기

홀릭
HOLIC : 그의 직장 성공기

201회. 적대적 M&A

1년은 금세 지나간다.

올해 겨울은 유난히 따뜻했다.

하지만 경기가 좋지 않은지 소비심리가 많이 위축된 상태였다.

그나마 연말로 가면서 살짝 살아나는 소비심리.

특히 12월에는 크리스마스가 있다.

연인의 마음을 설레게 하고, 연말연시로 넘어가는 상황에서 일차적으로 소비의 촉진이 있는 날이었다.

포털에는 엄청난 광고들이 홍수를 이루고, 각 마트와 백화점은 크리스마스에 사람들의 지갑을 열기 위한 안간힘을 쓰고 있었다.

성혜 백화점도 마찬가지였다.

다만 이곳의 주인이 최근에 바뀌었다.

그룹의 차남이었던, 안재열이 러시아 지사로 발령받고 새롭게 내부 승진을 거쳐 인사이동이 이루어졌다.

일 년 중 성수기 때 일어난 일이라서 내부적으로 속도감이 약간 지체되었지만, 성혜 그룹 특유의 일사불란함으로 크리스마스에 드디어 여러 이벤트를 제때 맞추게 되었다.

특히, 위기에 빠질 때마다 그룹의 회장인 안재현이 진두지휘하며 그 위기를 헤쳐나갔기에, 연말연시 대첩의 승자는 성혜 백화점이 되리라는 언론의 기사가 쏟아져 나왔다.

그런데…

"적대적 M&A?"

크리스마스가 지난 다음 날 민호의 입에서 나온 목소리에는 의구심이 바싹 들었다.

믿을 수 없다는 눈빛에 동공이 파르르 떨렸다.

상대 기업의 동의 없이 주식의 공개매수나 위임장 대결을 뜻하는 적대적 M&A.

출근하자마자 시작된 회의에서 구인기가 그에게 보고했다.

영국계 헤지 펀드에서 성혜 백화점을 대상으로 적대적 M&A를 선언했다고.

"네, 그렇습니다. 성혜 백화점 쪽도 지금 당황하고 있는 거 같아요. 내부적인 정보망이 아니라 언론에 의해 알게 되었습니다."

"어딘가요?"

"해리 스미스 펀드입니다."

"해리 스미스 펀드라…."

들어본 적은 있었다.

그러나 단지 들어본 적이 있는 정도였다.

갑작스레 그 펀드에서 성혜 백화점을 노릴 아무런 이유가 없었다.

구인기의 옆에 앉아 있던, 강태학이 눈을 빛내며 말했다.

"순환출자법에 따라서 성혜에서 방어하기가 쉽지 않습니다. 원래 그게 가능했던 게, 안재열이 지분을 좀 가지고 있었는데… 이번에 완전히 정리된 바람에…."

"흠…."

순환출자법이란 계열사 간에 주식을 사들이는 행위를 금지하는 법을 말하는데, 재벌 그룹의 지배구조 약화와 투명한 경영을 위해서 도입되었다.

물론 꼼수는 많았다.

하지만 지금처럼 급하게 경영진이 갈릴 때에는 그 꼼수를 부릴만한 시간적 여유는 없었다.

그래서 민호의 머릿속에서 생각이 돌고 있었다.

정리된 지분은 분명히 성혜 그룹의 누군가가 확보했겠지만, 그게 더 문제였다.

누구의 이름으로 회수했겠는가.

그룹의 회장이나 일가친척의 이름은 절대 아닐 것이다.

세금 문제가 달렸기 때문에 다른 사람의 이름을 빌렸을 텐데, 그건 쓸 수 없는 패였다.

쓰게 되면 바로 차명 주식으로 드러나 다른 문제를 양산한다.

"절묘한 시기를 노렸네요."

시기적으로 절묘했고, 잘못하면 좋지 않은 상황으로 번질 수 있었다.

올해 성장한 그룹은 글로벌만이 아니었다.

성혜 그룹 역시 상위권의 지형을 흔들면서 성장해 나갔다.

이렇게 성장하는 것은 기존의 그룹에게 견제를 받을 수 있었다.

그러나 기존의 그룹이 아닌 해외 헤지 펀드에서 공격당할 줄이야.

아마도 숨어서 웃고 있는 그룹 회장들이 꽤 있을 거라는 생각이 들었다.

민호의 눈이 빛났다.

"권순빈 씨."

"네, 대장."

"해리 스미스 펀드에서 언제부터 주식을 사들였는지 한번 확인해 주십시오."

"그럴 줄 알고 미리 확인했습니다."

이제 조직력이 완전히 갖추어진 경제연구소였다.

무엇을 요구할지 알고 있었다는 듯이 다 조사해 두었으니 말이다.

프린트만 하면 된다는 말에 고개를 끄덕인 민호.

다른 안건에 대해서 회의를 마치고 나서 자신의 업무실에 들어갔다.

권순빈에게 받은 자료를 상세히 살폈다.

"12월 15일부터 사들이기 시작했군요. 안재열이 러시아로 떠난 날."

"그렇습니다. 그리고 해리 스미스 펀드에 대한 자료를 읽어보시면…."

권순빈은 민호가 먼저 준 자료를 다 읽자, 두 번째로 준비한 것을 건넸다.

그의 얼굴에 미소가 서렸다.

준비한 것을 민호가 필요로 한다고 느낄 때, 더욱 보람이 있었다.

어쨌든, 권순빈이 두 번째 준비한 그것은 해리 스미스 펀드에 대한 조사였다.

위에서부터 샅샅이 훑어 내려가는 민호의 눈동자.

그 안에 잔잔히 비치는 놀라움.

다 읽고 나서 그는 드디어 한 단어를 내뱉었다.

"글렌초어…."

글렌초어라는 이름이 나왔다.

해리 스미스 펀드가 깊은 연관이 있다는 조사를 보고 자신도 모르게 내뱉은 것이다.

"네, 그런 것 같습니다. 게르트 글렌초어의 하부조직인 걸로 생각됩니다."

"그렇다면 방정구와 연동이 되어 있다는 의미군요."

민호는 자료를 준 권순빈을 바라보았다.

그의 의견을 묻는 것이 아니었다.

일을 시키려는 것이고, 권순빈의 고개가 자동으로 끄덕여졌다.

"그건… 좀 더 조사해보겠습니다."

❖

같은 시각. 성혜 그룹의 로비에서 신지석은 초조한 듯이 서성거리며 스마트폰을 들었다.

그는 스마트폰의 통화버튼을 다시 눌렀다.

이번이 벌써 세 번째 전화하는 것이다.

두 번이나 받지 않아서 마음이 답답했다.

최근 안재현이 자신에게 행적을 알리지 않는 경우가 꽤 잦아졌다.

그래도 전화를 받지 않은 적은 없었는데, 벌써 두 번이 지나 세 번째 이 목소리를 들었다.

– 지금은 연결이 되지 않….

평소에 목소리 좋다고 생각했던 멘트가 지금은 꽤 짜증스러웠다.

그리고 그 짜증이 그의 입에서 말로 흘러나오고 있었다.

"젠장. 도대체 어디 가신 겁니까?"

불러도 대답이 없었다.

사실 안재현 앞에서 이런 말투는 용납도 안 된다.

울리는 전화벨 소리에 신지석이 놀라는 이유가 바로 그 때문이었다.

안재현이 듣지도 않았을 텐데, 왠지 모르게 방금 자신이 내뱉은 속된 말을 들었을지도 모른다는 느낌.

"회… 회장님."

(응.)

"해리 스미스 펀드에서 적대적 M&A를 선언했습니다."

(……)

잠시 대답이 없었다.

다른 잡음이 들리지 않는 걸 보니 실내라는 것은 분명했다.

(알았어. 회장실로 갈게.)

"네, 알겠습니다."

전화를 끊은 신지석은 바로 회장실로 향했다.

가는 동안 안재현의 행적이 상당히 궁금해졌다.

지금 통화로 유추하건데, 안재현은 상당히 가까운 곳에 있는 게 분명했다.

어쩌면 회사 안에 있을 가능성이 높았다.

그렇지 않다면, '회사로 갈게.'라고 말하지 '회장실로 갈게.'라고 이야기하지는 않을 것이기에.

역시나 몇 분 안에 안재현이 회장실로 연결되는 비서실에 등장했다.

문앞에 대기했던 신지석은 살짝 고개를 숙였다.

그 인사를 받는 듯 마는 듯 안재현은 회장실의 문을 열고 들어가 자신의 자리에 앉았다.

"해리 스미스 펀드?"

"네, 그렇습니다."

"거기서 왜?"

"그… 그건…."

대답할 수 없었다.

알고 있는 정보가 없었기 때문이다.

신지석의 표정을 보며 안재현은 고개를 좌우로 살살 저었다.

"잘 봐. 내가 지금 전화해서 알아내면, 우리 정보팀은 여기보다 못한 거야."

안재현은 그 말을 내뱉은 후에 통화버튼을 눌렀다.

몇 번 울리지 않았을 때, 반가운 목소리가 들렸다.

(회장님, 요즘 저와 너무 자주 통화하시는 거 아닙니까?)

"응. 정 붙이려고."

민호였다.

안재현은 의자를 반대로 돌리며 창밖을 보았다.

눈이 내리고 있었다.

크리스마스에는 정작 눈이 오지 않더니, 지금은 하얀 눈이 하늘에서 쏟아지고 있었다.

(혹시 해리 스미스 건 때문에 전화하신 겁니까?)

"맞아. 너희 쪽은 이미 정체를 파악했을 거 같아서…."

(공짜는 없지만, 이번에는 대가를 받지 않겠습니다. 해리 스미스는 영국의 글렌초어 하부 조직입니다. 자세한 건 톡으로 보내드리겠습니다.)

"응. 고마워."

듣고 있던 신지석의 눈이 커졌다.

안재현의 입에서 고맙다는 말이 나왔다.

절대 나올 수 없는 표현이기에 귀를 의심했다.

자신도 모르게 검지로 귀를 후벼 판 이유가 바로 그 때문이었다.

한 번 그렇게 귀를 후비자 들리는 소리는…

– 깨똑!

안재현 폰에서 나는 소리.

민호와 '톡' 친구라니. 이것도 믿을 수 없는 일이었다.

잠시 후 안재현의 눈이 톡을 상세히 살펴보느라 고정되었다.

그리고 입에서 나오는 말.

"국민연금 쪽의 의향을 알아봐."

"네, 회장님."

늘 그렇지만, 국민연금은 기업의 대주주였다.

문제는 그 기관이 대체로 자신의 의견을 주장하지 않는다는 것.

그래도 혹시나 이쪽 편에 서줄지 알아보라는 지시였다.

그 자신은 다른 곳에 전화를 돌릴지 고민하며 탁자를 톡톡 두드리고 있었다.

일반적으로 적대적 M&A를 당하면 찾는 곳이 바로 백기사.

백기사는 그룹의 경영권 방어를 위해서 우호지분을 대신 매입해준다.

그런데 시가 총액 상위권 그룹에서 과연 성혜를 도와줄지 알 수 없었다.

최근 그들은 성혜를 크게 견제하고 있었다.

톱 텐의 기존 질서를 무시하고 급성장하는 게 맘에 들지 않으리라.

그나마 시선이 다른 단 한 군데가 있었는데, 그게 바로 스카이 그룹이었다.

시가 총액 3위.

대한민국의 그룹 순위에서도 늘 빅 쓰리 안에 들어온 곳이 바로 스카이였다.

스카이 그룹의 회장은 자신의 장인.

백기사로는 이보다 더 적합한 인물이 어디 있을까?

안재현은 스마트폰을 들고 통화 버튼을 눌렀다.

조금 전 전화를 끊었는데, 다시 안재현에게 전화가 왔다.

의아한 눈빛으로 전화를 받은 민호.

"방금 보낸 거 안 갔습니까?"

그럴 리가 없었다.

그가 확인했다는 것이 바로 보이니까.

(아니. 글로벌에서 백기사가 될 수 있는지… 물어보려고.)

"……"

민호의 머릿속이 잠시 헝클어졌다.

도대체 안재현의 속이 어떤지 점점 궁금해지고 있었다.

"진심입니까?"

(장난은 아니지.)

"잘못하면 글로벌이 돌변해서 성혜 백화점을 먹을지도 모르는데, 괜찮겠습니까?"

(이번에 막고… 그럴 수 있으면, 한 번 해보든가.)

이상했다. 정말 이상해서 고개를 갸웃거리지 않을 수가 없었다.

이상한 점은 한 가지 더 있었기에 민호는 그에게 물었다.

"스카이 그룹이 안 도와준답니까?"

(아예 전화 안 했어.)

"헐… 장인어른한테 도와달라고 하면, 쉬운 일을 왜…"

(그냥… 그 양반이 욕심이 좀 많아서 말이야.)

"일단… 알겠습니다. 이쪽에서 상의 한 번 해보고 다시 연락드리겠습니다."

(응. 그럼 수고.)

전화를 끊은 민호.

머릿속에 안개가 낀 것 같아서 잠시 의자를 한껏 뒤로 제쳤다.

눈을 감고 생각했다.

안재현은 도대체 왜 자신에게 백기사를 원했을까?

분명히 그와 통화한 내용에서 힌트가 있으리라.

짚어보고 또 한 번 짚어봤다.

걸리는 것은…

"…아무리 생각해봐도 모르겠네, 젠장."

없었다.

젖혀진 의자를 바로 한 채 몸을 일으켰다.

어쨌든, 이 일을 상의해야 한다.

회사의 자금은 경제연구소의 소장이 운용하는 게 아니다.

글로벌에서 가장 높은 사람을 만나러 민호는 엘리베이터 버튼을 눌렀다.

홀릭
HOLIC : 그의 직장 성공기

202회. 왼손이 한 일을 오른손이 모르게

미끼는 민호가 던졌는데, 안재현의 낚싯대를 물었다.

방정구의 이야기였다.

민호가 미끼와 떡밥을 사용한 걸 일찌감치 알았다.

다만 허점을 찾아봤지만, 생각외로 글로벌은 공고했다.

오히려 갑자기 성혜 백화점에서 허점이 나왔다.

안재열이 주식 처분을 하고 떠 버린 것이다.

"종로 큰손이 대한민국에서 현금 순위로 따지면 세 손가락 안에 들어간다더니, 글로벌 각 계열사의 주식을 종로 큰손이 꽤 확보했고, 그 딸이 운영하는 종로 저축은행도 채권단 중 가장 큰 규모야."

JJ 사모펀드의 대표를 맡은 장규호의 말을 듣고 방정구의 단춧구멍 눈이 더 좁혀졌다.

글로벌을 인수합병 할 계획을 세우지 못하는 이유.

언제라도 백기사를 자처할 종로 큰손과 허유정이 있었다.

"글로벌은 작은 회사야. 일단 성혜부터 꺾고 나서 치킨 게임을 하든, 다른 방법을 찾든… 그때 가서 상대하면 되는 일이야."

이번에는 방용현이 한마디 했다.

방정구의 아버지라는 이유만으로 그는 JJ 그룹의 회장에 올라섰다.

물론 허수아비나 다름없었다.

실질적인 회장은 방정구였으니 말이다.

"그나저나 우리 아들이 이번에 백화점 먹으면 다음 타겟은 뭐가 되려나? 성혜 화학도 괜찮긴 한데… 어때?"

"일단 이번 일이 성공하고 나서 생각해 봐야죠. 다만…."

"……."

"스카이 그룹이 백기사로 등장하면 좀 버거워질 거 같아요."

방정구의 말에 두 사람은 고개를 끄덕였다.

충분히 가능성 있는 이야기였다.

스카이 그룹의 회장은 안재현의 장인어른이었으니까.

"다행히 안재현과 스카이 그룹 회장이 사이가 안 좋다고 합니다."

"응? 그건 어떻게 알았어?"

"따로 조사한 게 있어요. 지금 안재현과 그 부인이 별거 중이거든요."

"그… 거야, 원래 그쪽 계통 사람들은 서로 사생활을 신경 안 쓰니까…."

"그래도 둘 사이에 자식이 없어요. 별거한 지 2년이 다 되어가고… 요즘 재벌이라고 이혼을 회피하는 건 아니니… 모르죠. 정략결혼의 끝이 다가오는 것일 지도…."

사실은 그러기를 바랐다.

그래서 이번 적대적 M&A가 많은 것을 증명해주리라 생각했다.

10대 그룹 나머지가 성혜에 호감이 적다는 건 확실하고, 스카이 그룹까지 돌아선다면, 글로벌보다 오히려 성혜의 계열사들이 좋은 먹잇감이 될 수 있을지 모른다.

그러나 방정구의 이 계획은 곧바로 암초를 만났다.

회의가 끝나갈 무렵 여의도 찌라시 공장에서 전화가 왔고, 그는 기분 나쁜 예감에 사로잡혀 바로 전화를 받았다.

(글로벌이 백기사를 자처했습니다.)

"……."

단춧구멍 눈에 불꽃이 튀었다.

전화를 끊고 나서 바로 TV의 전원을 누른 방정구.

무슨 일인가 싶은 방용현도, 장규호도 그가 튼 TV에 시선을 던졌다.

경제 뉴스에서 한 앵커의 설명이 바로 흘러나오고 있었다.

"성혜 백화점이 영국계 헤지펀드의 공세에 맞서 자사주를 매각하는 등 우호지분 확보에 나섰습니다. 그 첫 번째가 바로 글로벌입니다. 보도에 이진욱 기자입니다."

그다음 이어지는 화면에서 기자는 성혜 백화점 발행 주식 900만 주를 글로벌에 넘기기로 했다는 친절한 설명을 이어나갔다.

방용현이 눈을 크게 떴다.

그는 기자의 설명을 다 듣기도 전에 분통을 쏟아냈다.

"저건 뭐야? 아니 왜 글로벌이 돕고 앉았어? 쟤네들 앙숙 아니었어?"

"제가 있어봐서 아는데, 김민호는 정말 생각지도 못한 방법으로 일을 진행시킵니다. 진짜 짜증납니다."

예전에 당한 일이 있었던 장규호도 인상을 찌푸리며 한마디 추가했다.

정작 방정구는 그들의 대화에 끼어들지도, 아버지의 질문에 대답하지도 않았다.

사실 대답하기 싫었다. 분노 때문이다. 가끔 그를 불태우는 이 분노장애.

그의 단춧구멍 눈 밑이 부르르 떨리고 있었다.

하지만 곧 침착함을 찾았다.

여기까지 TV를 시청하고 일어나서 여의도 찌라시 공장으로 전화했다.

"안재열이 러시아로 도피한 이유를 언론 1면으로 장식해. 지금 바로."

(네, 알겠습니다.)

✼

안타깝게도 언론의 일면 장식은 방정구의 뜻대로 이루어지지 않았다.

안재열에 관한 의혹 기사가 나오기는 했지만, 연예인 마약 사건이 더 크게 터졌다.

해마다 겨울철만 되면 터져 나오는 연예인 마약 연루 사건.

이번에는 특급 연예인이라서 그런지 사람들의 시선을 다 빼앗아 갔다.

민호 역시 그 기사를 회사에서 접했다.

"호오… 성혜 그룹 정보팀에서 한 건 했네요."

"뭐… 전 이미 알고 있어서, 그렇게 새롭지는 않아요."

다른 업무로 보고하러 온 강성희가 민호의 말을 듣고 코웃음 치듯이 말했다.

그러면서 덧붙이길.

"사실 오라버니가 허락하신다면, 그것보다 더 많은 연예인 찌라시를 알고 있어서, 언제든지 사용할 수 있지요."

민호는 인상을 찌푸리는 것으로 거부 의사를 명확히 밝혔다.

아무리 생각해도 자신의 성공을 위해서 남의 치부를 드러내는 것은 그가 원하는 방식이 아니었다.

그런데 눈치 없는 강성희는 계속해서 주절주절 다른 연예인의 추문을 읊었다.

"…거기다가 배우 허영지는 동성연애자예요. 얼마 전에 김수명과 스캔들 기사를 낸 것도 일부러 기자들에게 퍼트린 건데… 자신이 레즈비언이라는 걸 감추기 위해서…."

이번에는 민호의 귀가 쫑긋했다.

그럴 수밖에 없었다.

강성희의 입에서 동성연애, 즉, 레즈비언의 이야기가 나오자 갑자기 전에 있었던 회식이 머릿속에서 떠올랐다.

그때 많이 취했던 송초화는 제 버릇을 못 버린 것인지 그만 민호의 눈을 호강시켜주었다.

"어? 오라버니 왜 웃으세요? 혹시…."

"네?"

자신도 모르게 떠오르는 장면에 웃고 말았던 민호를 보며 강성희가 이야기를 중단하고 물었다.

"역시 오라버니도 그런 거 좋아하는구나."

"그… 그런 거라니요?"

"제가 또 남자 심리는 잘 파악하거든요. 보통 남자들은 십중팔구 게이는 꺼려도, 레즈비언 이야기는 흥미 있어

하잖아요. 특히 보는 거라면….”

“헐… 별 이상한 이야기를 하시는군요.”

“됐어요. 저번에 강 과장님은 밤에 남아서 살 색의 향연을 보시다… 헙.”

강성희는 자신의 입을 서둘러 막았다.

이야기하다 보니 강태학의 비밀을 지켜주지 못했던 것이다.

하지만 민호는 원래 그의 취미를 알고 있었기에 놀라지 않았다.

그걸 보고 강성희가 재빨리 입을 열었다.

“설마… 오라버니도 알고 계셨어요?”

“네? 아… 자, 자. 이제 그 이야기는 그만합시다. 가서 일 보세요.”

“네.”

강성희의 입을 막고 내보낸 이후, 공교롭게도 5분 정도 있다가 강태학이 문을 두드리고 들어왔다.

그는 민호 앞에 서서 잠시 무언가를 망설였다.

민호는 강성희가 가서 자신이 알고 있다고 말한 줄 알고 곧바로 인상을 썼다.

“저, 아무 말 안 했습니다.”

“……?”

“정말이에요. 성희 씨가 강 과장 야동 봤다는 이야기를 할 때, 아무 소리도 안 했어요.”

"헛! 그 이야기를 했단 말입니까?"

"엥? 그거 때문에 온 거 아닙니까?"

"아닙니다. 저 결혼한다는 말씀 드리려고 온 건데⋯ 제기랄, 역시 여자의 입은 믿는 게 아니었어. 여기 청첩장입니다."

"아⋯."

뒤돌아서 나가는 강태학을 보며 민호는 잠시 입을 벌리고 말았다.

그나저나 다 짝을 찾고 있다.

평생 제 사람을 찾지 못할 것 같은 강태학마저도 제 짝을 찾았다.

사실 빠른 건 아니었다.

민호 기준으로 봤을 때, 그보다 나이 많은 사람은 다 늦은 것이다.

제일 문제인 사람은 갔다 온 사람.

이른바 돌아온 싱글인 구인기.

가끔 옥상에 올라가는 민호.

오늘 그의 귀에 멀리서 그의 통화가 들렸다.

목소리 하나는 기가 막히게 큰 구인기 차장이라 내용이 쏙쏙 박혔다.

"안 된다고? 왜? 애들 방학했잖아. 계속 미국에 있으면 좀 그렇지 않아?"

감이 왔다.

미국 이야기. 애들 방학.

구인기의 아내와 아이들이 미국에 있다는 걸 잘 알고 있었다.

갑자기 안 됐다는 생각이 들었다.

그다음에 이어지는 말을 듣고 더더욱.

"그래? 뭐가 그렇게 할 게 많아? 아니 유학 가서 따라가려고 또 과외를 해야 한다니…, 어쨌든, 알았어. 그래, 끊어."

그런데 한 가지 뜻밖인 것은 그의 목소리에서 애정이 묻어나오고 있다는 것이다.

아내와의 관계가 예전과는 다르게 회복된 것일까?

물어보기는 힘들었다.

거기다가 전화를 끊을 것 같아서 재빨리 발걸음을 돌려 내려왔다.

잠시 후 민호는 차원목을 불러들였다.

"구인기 과장이요. 혹시 가족이 어디에 사는지 알 수 있을까요?"

"네? 아, 네. 미국입니다."

"미국 어디요?"

"전에 들었을 때, 시애틀이라고 한 거 같은데… 정확히는 저도 잘 모르겠습니다."

"그래요? 흠. 정확해야 하는데… 일단 알겠습니다."

차원목이 고개를 갸웃거리고 나가려 할 때 민호는 다시 그를 불러세웠다.

"아, 조만간 회식 한 번 어때요?"

"회식이요?"

"네, 송년회죠. 괜찮아요?"

"저희야 괜찮지만, 요즘 소장님이…."

여기서 말을 흐리는 차원목.

민호는 슬쩍 웃었다.

아마도 자신이 요즘 퇴근 시간을 칼같이 지키는 걸 보고 하는 말이리라.

당연하다. 집에 있는 나래를 보고 싶어서 늘 퇴근 시간은 정확히 준수했던 요즘이다.

그러나 이제 서른을 앞둔 민호는 점점 노련해졌다.

자신을 중심으로 세상을 돌아간다는 기본적인 삶의 방침은 버리지 않았지만, 그 자신의 범위에 사람들을 끼워 넣고 있었다.

12월 30일 송년회에서 그 첫 번째 모습을 드러냈다.

자신에게 술을 따르는 구인기의 얼굴을 보며,

"구 차장님."

은근한 목소리로 그를 불렀다.

"네, 소장님. 말씀만 하십시오. 하하하. 뭐든 다 해내는 천하무적 구 차장이 저 아닙니까? 저요!"

얼큰하게 취한 구인기는 살짝 꼬인 혀로 민호에게 바로 반응했다.

"다름이 아니라요… 이번에 킹 그룹 쪽에서 예전에 유통했던 L&S 라면을 문의해 와서요."

"킹 그룹이요? 그럼 좋은 일 아닙니까?"

"좋은 일이죠. 문제는 제가 이곳을 비울 수 없고… 마땅히 믿을 만한 분을 보내야 하는데, 얼마 전에 김아영 대리가 시카고로 들어갔고… 그래서 시애틀까지 가라고 하기는 너무 멀고 시간도 시간이라서… 누구를 보내야 할지 고민입니다."

"시… 시애틀이요?"

갑자기 취기가 사라진 얼굴을 한 구인기.

정신이 바짝 든 표정을 취했다.

침을 한 번 삼키는 것까지 민호의 눈에 들어왔다.

"네, 시애틀."

"거기라면 제가 잘 압니다."

"그래요? 구 차장님이요? 정말입니까?"

"네, 거기에 가족이 있어서 저번 여름휴가 때 갔다 왔거든요."

"우와 잘됐네요. 경제연구소의 구성원이 대부분 경험이 부족해서… 구 차장님이 해주신다면야… 마음이 정말 놓입니다. 아예 이참에 겨울 휴가까지 붙여서 좀 계시다 오세요."

"헉… 그런… 가… 감사합니다."

"감사는 무슨. 제가 오히려 감사하다고 말씀드려야죠. 하하하."

옆에서 이 대화를 듣는 차원목의 눈에 이채가 생겼다.

이제야 며칠 전에 민호가 구인기 과장의 가족을 물은 이유를 알 것 같았다.

민호는 민호대로 고개를 돌려 차원목과 눈이 마주치자 슬쩍 검지 손가락이 올라갔다.

입에다 댄 이유는 왼손이 하는 일을 오른손이 모르게 하고 싶어서…

이번엔 그냥 그러기를 바랐다.

그게 구인기가 부담 없이 미국에 갈 수 있는 일이니까.

HOLIC : 그의 직장 성공기

203회. 별장에서

새해가 밝았다.

매년 1월은 지난해의 성과를 통해 '누가 누가 잘했나?'를 언론이 평가해 주었다.

화두는 아주 간단했다.

작년에 한국 경제를 뒤흔든 건 다름 아닌 범 성혜 그룹이었다.

범 성혜 그룹이란, 현재 성혜 그룹과 그곳에서 갈라져 나온 글로벌 그룹을 말하는 것이다.

성혜 그룹은 시가 총액 4위로 마감했고, 글로벌 그룹은 20위에 턱걸이했다.

성혜 그룹이 4위가 된 것보다, 글로벌 그룹이 20위가 된 것이 더 놀라웠다는 기사 내용이 종종 보였다.

그것을 읽는 민호의 얼굴에 흐뭇함이 자리 잡았다.

그러나 이 분석에서 빠진 부분이 존재했다.

그게 바로 JJ 그룹이다.

"사실 상장 기업이 별로 없는 JJ에 돈이 흘러넘치는
데… 안 그렇습니까?"

"그렇지."

민호의 말에 고개를 끄덕이는 재권.

이들은 현재 드래곤즈 야구단에 와 있었다.

이곳에 온 이유는 매우 간단했다.

서울을 연고로 한 드래곤즈 야구단이 스폰서를 구했고,
글로벌은 좀 더 인지도가 필요해 이번 기회에 네이밍 마케
팅을 하기로 했기 때문이다.

잠시 후 드래곤즈 야구단의 구단주가 나타나자 둘이 일
어서서 그를 맞이했다.

"와우, 젊은 분들이시군요."

"야구를 좋아하는 사람들이기도 하죠. 하하하."

악수를 청하는 구단주의 손을 잡은 민호.

그는 웃으면서 잠시 구단주를 눈으로 슬쩍 스캔했다.

국내 프로야구단에서 거의 맨손으로 야구단을 운영하는
정광식 사장.

그 개척정신이 글로벌과 닮아있다고 생각하며 협상을 시
작했다.

"맞습니다. 저도 글로벌에서 나온 상품을 꽤 좋아합니다. 과자며, 라면 등등. 이따가 저녁 식사도 한식 뷔페에 갈 예정입니다."

"그러시군요. 이거 이야기가 쉬워지겠는데요. 서로 호감을 느끼고 있는데, 시간 끌 거 뭐 있습니까? 여기 저희의 제시액이 담긴 계약서가 있습니다."

민호는 문서를 꺼내서 정광식에게 전달했다.

연간 130억.

나쁘지 않은 금액이었다.

정광식의 얼굴에도 은은하게 기쁜 기색이 가득 차 있었다.

비즈니스맨답게 그 표정을 은근히 숨기려고 애를 쓰지만, 결국은 호탕하게 웃으며 이렇게 말했다.

"하하하. 괜찮네요. 계약 기간 빼고요."

"음… 3년이 너무 짧은가요?"

"아뇨. 너무 길어요. 우리 구단은 2년 계약 후 몸값을 더 키우고 싶습니다."

"그렇군요."

민호는 잠시 옆을 돌아보며 재권의 얼굴을 살폈다.

고개를 끄덕이는 재권.

그는 이번 글로벌의 인사이동에서 부회장이 되었다.

사실 재권이 아이디어를 낸 것이다.

원래는 축구단이나 야구단 창단 쪽으로 알아보다가, 아직 글로벌의 자금 여력이 미치지 못하다고 판단하며 야구단의 네이밍 마케팅을 선택했다.

물론 민호와 상의한 후였다.

"좋습니다. 바로 계약하죠."

"화통하시네요. 하하하."

정광식은 기분 좋게 사인했고 민호와 재권은 일어섰다.

오늘 둘이 같이 온 이유는 이 계약을 완료하고 갈 곳이
있어서였다.

오늘은 성혜 그룹 회장과 저녁 식사 약속이 있었다.

약속 장소에서 바로 만날 수도 있었는데, 재권은 같이 가
기를 원했다.

왜냐하면, 아직은 큰 형에 대한 두려움이 그를 지배했기
때문이다.

가는 동안 민호는 슬쩍 룸미러로 뒤를 보며 웃었다.

최근 본 재권의 모습 중 가장 긴장한 표정.

"얼굴 좀 펴세요."

"응? 응. 그런데 정말 이상하네. 큰 형이 왜 나를 만나고
싶다고 했지?"

"그거야…."

민호도 모른다. 알 수가 없다. 최근 몇 개월간 안재현의
행동은 거의 예측이 불가능했기에.

오늘은 심지어 평창에 있는 별장에서 만나자고 말했다.

"별장 자랑하려고?"

피식.

재권은 말도 안 되는 민호의 답변에 그만 웃고 말았다.

어쨌든 긴장을 푸는 데 성공했다.

"그 별장은 사실… 나한테 안 좋은 추억이 있어."

"그래요?"

"응. 본가에 들어가지 못해서 어머니랑 그곳에 오래 머물렀거든."

잠시 침묵.

그럴 수밖에 없었다.

재권의 어린 시절은 아무리 꾸미려고 해도, 재벌가의 어두운 과거나 마찬가지니까.

그러나 길게 이어지면 안 된다.

민호는 재빨리 그 말을 웃으면서 받았다.

"캬하… 형님 이야기를 들으면 드라마 대본이 막 머릿속에서 지나가요."

"놀리지 마, 인마. 하하하."

긴장은 이제 거의 다 풀렸다.

이럴 때 연타로 다른 화제를 이끌어가는 민호.

"그나저나 기업 이미지 홍보 때문에 야구단을 잡은 건 아주 잘 한 일 같아요."

"어차피 네가 홍보 다 해주는데 뭐."

"제가 뭘요."

"이주에 한 번 정도는 인터뷰하던데? 그게 기사화되고 그러니까, 자연스럽게 글로벌이 홍보가 되더라고."

재권이 한 말에 민호는 웃을 수밖에 없었다.

어떻게 하다 보니 2주에 한 번씩 인터뷰를 쉬지 않고 하게 되었다.

조희경이 계속 기자들의 인터뷰를 물어다 준 것이다.

그것을 소홀히 하지 않은 이유는 그 인터뷰 한 번에 가끔 포털 검색어 순위가 요동을 친다.

그러다 보면 자연스럽게 글로벌의 인지도가 올라갔다.

인지도라는 게 꽤 중요하다는 걸 그때 깨달았다.

신뢰가 쌓이고 좋은 기업이라는 이미지가 형성되니 매출이 예전보다 더 빨리 증가했다.

"아휴, 그것 때문에 귀찮아 죽겠습니다. 벌써 다음 주에 인터뷰가 또 잡혀서… 할 말도 없는데 말입니다."

"할 말이 없어? 그냥 아무 말이나 해. 어떨 때 보면 네 개인사를 더 궁금해하는 거 같던데."

옆에서 몇 번 인터뷰 장면을 지켜보던 재권.

기자들이 민호의 개인신상에 대해서 많이 물어보는 걸 알았다.

"그럴까 봐요. 다음엔 유미랑 나래 이야기를 잔뜩 준비해야겠어요. 하하하."

재권은 그가 웃는 걸 보고 같이 웃었다.

이제 긴장은 완벽하게 풀렸다.

그리고 평창에도 거의 다 도착했다.

금요일이라 그런지 꽤 교통 상황이 좋지 않아서 예정

시간보다 늦게 도착했다.

이미 컴컴해진 밤.

저녁 식사가 아니라 술을 해야 할지도 몰랐다.

그래서 중간에 편의점에 들른 민호.

"소주 살 거예요."

"형이 소주 먹는 건 한 번도 못 봤는데."

"먹이죠, 뭐. 하하하."

민호는 시원시원하게 말을 받았다.

재권의 말을 들었을 때, 안재현은 술을 거의 즐기지 않는다고 했다.

먹이고 싶었다. 왠지 모르게 그의 취한 모습을 보기 바랐다.

과연 그도 인간인지 확인하기를 원하는 마음.

그런데 별장에 도착해보니 다른 장면에서 그가 인간이라는 면이 드러났다.

차에서 내렸을 때, 밖에서 기다리는 그의 얼굴.

안재현의 표정에 '걱정'이라는 새겨졌다는 건 민호의 착각이었을까?

"추운데 왜 나와계십니까?"

"그냥…."

아무 목적 없이 그가 무언가를 한다는 게 도저히 믿어지지 않았다.

"설마 우리가 걱정되어서 나오신 건 아니죠?"

대답 없이 뒤돌아선 안재현.

이제 이상하다는 표현도 진부했다.

심지어 이 별장에 아무도 없다는 것도 이상했다.

최소한 신지석이나 이용근과 같은 심복 한둘은 데리고 왔으리라고 여겼는데.

진짜 안재현 혼자였다.

"소주 사왔습니다."

별장으로 들어가면서 민호는 나름대로 친근감을 표시하기 위해서 비닐 봉투를 들었다.

안재현은 잠시 시선을 돌려 그 봉투를 보았다.

그러고 나서 다시 고개를 바로 하며 말했다.

"안주는 녹황색 채소다. 그게 싫으면 술을 먹지 말든지."

"오징어랑 땅콩도 사왔어요. 냄새 풍기는 거 상관없다면…"

"상관없다."

안재현은 민호의 말을 끊었다.

냉정한 척하는 거라고 민호는 생각했다.

이상하게 그게 이제 눈에 보인다.

그래서 한 발자국 뒤에 서 있는 재권을 돌아보며 이렇게 말했다.

"들어가죠, 형님."

"응? 응."

별장으로 들어가자 많은 그림이 벽에 붙어 있었다.

안재현이 이렇게 그림을 좋아할 줄은 생각도 못 했다.

예술과 안재현은 정말 매치가 안 되는 단어라고 여겼다.

그 생각에 살짝 웃으며 자리에 앉자, 잠시 후 진짜 녹황색 식단이 민호의 눈앞에 펼쳐졌다.

시선을 옆으로 돌려서 재권을 보았다.

눈으로는 원래 안재현이 채소를 좋아했었는지를 묻고 있었다.

어깨를 으쓱거리는 재권.

모른다는 뜻보다 안재현의 현재 식성을 가늠하기 힘들다는 의미였다.

그때 식탁에 앉으며 안재현이 말했다.

"배가 고프겠지만, 요즘 녹황색 채소를 먹는 관계로…."

"그렇군요. 제육 덮밥은 이제… 그만 드시겠네요"

끄덕거리는 안재현.

그 모습을 보면서 민호가 가볍게 말을 꺼냈다.

"혹시 어디 아프십니까?"

그 말을 듣고 안재현이 피식 웃었다.

"그래. 아프다."

"마음이요?"

"응."

"그래서 오늘 우리 둘을 부른 거군요."

이 말에는 대답하지 않았다.

그의 시선은 이제 재권을 향했다.

재권은 안재현의 눈을 똑바로 바라보지 못했다.

그는 민호가 마지막으로 말한 부분을 곱씹었다.

마음이 아파서 자신들을 불렀다는 말.

사실이 아니라고 생각했다.

아마도 비즈니스이야기가 곧 시작될 거고, 무엇을 요구할지 매우 궁금했다.

그런데 안재현은 비즈니스이야기가 아니라 먼저 고맙다는 말로 말문을 다시 열었다.

"일단 고맙다고 말해야 할 거 같다. 그 치료제."

"아… 이번에 발표한 약 말씀하시는 거죠? 아직 특허받지 못했고, 임상시험도 완료된 건 아니라서… 시간이 걸릴 거 같습니다. 도움이 되었으면 좋겠네요."

"아마도 도움이 될 거야. 다른 사람도 아닌 글로벌에서 만든 거잖아. 김민호가. 안재권이. 안 그래?"

옳은 말이었다.

민호가 계획하고 진행한 일은 거의 확실한 결과를 가지고 있었다.

다만 그의 입에서 재권의 이름이 나왔다는 게 매우 신기했다.

"그래서 약간 아까워. 제약을 넘겼다는 게. 이제 넘기는 것 보다 빼앗아 올 걸 요즘 곰곰이 생각 중이야."

"그렇습니까?"

민호는 그의 말을 들으면서 웃었다.

예전에 안재현의 입에서 그 말이 나오면 진짜로 믿었다.

그러나 요즘은 왠지 모르게 실행하지 않을 것만 같았다.

"응. 글로벌의 모든 계열사가 다 안전하다고 생각하지는 마. 아마 종로 큰손이랑 제수씨가 운영하는 저축은행을 믿고 있는데… 반대로 그 두 쪽을 공략하면 어떻게 될까?"

"……!"

"……!"

민호와 재권은 놀라서 눈을 크게 떴다.

놀란 이유는 간단했다.

그가 말한 곳이 약점 맞았다.

하지만 진짜 놀란 이유는 그 약점을 알려주고 있다는 게 정말…

"이상하시네요. 회장님이 정말 맞는 겁니까?"

"혹시 진짜 어디 아파요?"

민호가 고개를 갸우뚱했고, 이번에는 재권도 우려의 말을 했다.

죽을 때가 되면 사람이 변한다는 말이 갑자기 가슴에 다가왔다.

그 말에 안재현은 다시 피식 웃고 나서 말했다.

"그랬으면 좋겠다. 제정신으로 이 말 하기는 싫으니까…"

무슨 할 말이 있긴 있는 모양이었다.

재권은 숨을 죽이고 안재현의 입을 쳐다봤다.

민호 역시 술잔을 들은 상태로 안재현의 눈을 보았다.

이윽고 안재현의 입에서 나오는 내용.

"사실은 말이다. 너도 알다시피… 나도… 재열이도 아이가 없어. 오늘 하고 싶은 말이 있어서 부른 이유가 바로 그것 때문인데."

"……."

"네 아이. 아들이면 내 양자로 들이고 싶다."

재권의 표정이 굳었다.

눈에는 분노가 스며들었다.

HOLIC : 그의 직장 성공기

204회. 팔불출이여

덜덜덜.

손이 떨린다.

파르르. 동공에 지진이 일어났다.

자리에서 벌떡 일어선 재권.

그는 시선을 아래를 내리깔며 정면에 있는 뱀눈을 바라
봤다.

단 한 번도 안재현을 지금과 같은 눈으로 바라본 적이 없
었다.

늘 마음속 깊이 두려움이 가득했기 때문이었다.

지금도 그 두려움 때문에 말을 꺼내지는 못했다.

대신 행동으로 말했다.

뒤돌아서서 성큼성큼 나가는 재권.

그의 뒤에서 뱀눈을 가진 사나이의 목소리가 들려왔다.

"하아… 고작 이런 말로… 흔들리나? 그러니까 네가 항상 그 자리야. 그리고 이제… 그 자리도 **빼앗길** 테지. 박상민 회장? 여기 있는 김민호? 믿고 있는 사람한테 자리를 **빼앗길** 게 눈에 훤하구나."

귀를 막고 싶었다.

하지만 그렇게 하면 안재현의 말을 인정하는 것 같았다.

그래서 속도를 더 내며 결국…

쾅!

문이 세게 닫혔다.

잠시 정적이 흘렀다.

이제 민호 역시 일어설 수밖에 없는 상황에서 그는 고개를 갸웃거렸다.

"정말 이상하군요. 오늘…."

"그래?"

"네. 정말 이상합니다. 뭐… 다른 뜻이 있었는지 아닌지는 잘 모르겠는데… 일단 저도 나가봐야 할 거 같아요…."

"멀리 못 나간다. 잘 가라."

일어서는 민호의 귀에 들리는 음성.

착각일까?

신기하게 평소와 다른 목소리가 들렸다.

정확히 말하면, 미련이 듬뿍 들어있는 것 같았다.

갑작스럽게 혼란이 일어난 공간에서 민호는 밖을 향해 걸었고, 그의 눈에 보이는 그림들.

아까부터 봤지만, 저 그림들의 구도와 색채가 낯설지 않았다.

'지난번에⋯ 봤던 것과 꽤 흡사하다.'

언젠가 성혜 그룹의 회장실에서 봤던 그림.

민호는 그 기억을 꺼냈다.

좋은 기억력을 어디다 쓰겠는가?

회장실에서 봤던 그림의 제목이 루시퍼의 몰락이라고 했다.

장 자크 프랑소아의 작품.

'루시퍼의 몰락이라⋯ 제목 참⋯.'

무언가를 예언하는 느낌이 들었다.

그런데 그 작품과 비슷한 화풍들의 그림들이 여기에 걸려있다니.

언젠가 죽을지도 모른다면서 안재현이 그 작품을 사 모은다고 했다.

이곳에 걸려있는 그림들도 그의 것일 가능성이 높았다.

다른 사람이 그렸다면 표절이라 불릴 수 있을 정도로 매우 흡사했기에.

찰나의 순간에 든 짧은 생각이 스쳐 지나가며 몸은 이미 밖으로 나왔다.

벌써 차 안에 들어가 시동을 켠 재권.

그는 자신을 기다리고 있었다.

"간다!"

재권은 짧은 말과 함께 민호가 차에 타자마자 바로 가속기를 밟았다.

약간 거칠었다.

목소리 또한 거칠게 높였다.

"정말 실망했어. 정말이야!"

민호는 그 말에 대답하지 않았다.

아니 대답하지 말아야 한다고 생각했다.

이것은 엄밀히 말해서 집안 문제였다.

비록 안재현의 언행이 바른 것은 아니었지만, 민호가 개입할 문제가 절대 아니었다.

거기다가 이면에 무언가 숨어있는 것 같았다.

그게 무엇인지는 알 수 없었다.

하지만 나중에 조사해봐야 한다고 생각했다.

휴전선을 두고 평화가 무르익었는데, 도발을 감행한 북한군 같다고 해야 하나?

의문이 남은 안재현의 행동에는 인과관계가 필연적으로 있으리라.

이런 민호의 생각을 전혀 눈치채지 못한 채 재권은 곧바로 이어서 분통을 터트렸다.

"분명히 성별도 확인한 거 같아. 그렇지 않아?"

"글쎄요."

"확실해. 그렇지 않고서야… 아들이란 걸 어떻게 알았겠어?"

그 말을 듣고 아까 생각이 났다.

안재현은 재권에게 만약 태어나는 아이가 아들이라면 양자로 들이고 싶다는 말을 했다.

어쩌면 재권 말대로 조사한 것일 수도 있었다.

그런데 민호의 느낌은 아니었다.

왠지 모르게 산부인과에 사람을 시켜 알아보지는 않았을 거라는 느낌이 늘었다.

여전히 민호의 귀에는 분노한 재권의 목소리가 들렸다.

"이제 나에게서 아들을 빼앗아 가려고 하다니… 절대 못 참아. 절대로."

❋

재권의 분노는 아이러니하게도 글로벌 그룹의 공격성과 연관 관계를 맺었다.

그는 새로운 사업에 진출하는 것을 망설이지 않았다.

새해가 되고 1월과 2월에만 몇 개의 유망 사업에 투자했고, 사업성이 있는 기업을 인수·합병했다.

그가 그렇게 과감할 수 있었던 원동력은 분노도 있었지만, 그만큼 글로벌이 잘 나간다는 증거도 되었다.

더군다나 이번에는 뒤에서 민호가 적절히 보조를 해주었다.

민호가 일을 만드는 것을 잘하기도 했지만, 누군가가 만들어 놓은 일을 수습하는 것 또한 재능이 있었다.

한때 그는 해결사라고 불렸다.

바로 그 재능이 빛을 발했기 때문이며, 요즘은 가진 무기가 꽤 많았다.

최근에는 인터뷰를 통해서 그룹의 새로운 사업을 홍보하는 것도 그의 큰 무기가 되었다.

이번에는 유력 일간지의 경제면 기자가 조희경에 의해 소개되어왔고, 그는 새로운 사업을 홍보할 기회를 맞이해서 입에 모터를 달았다.

"이번에 진출한 메디컬 장비 쪽은 제약 부분을 좀 더 강화하려고 한 것입니다. 또한, 앞으로 진행될 실버큐어타운에서도 동력을 달게 되겠죠."

"그렇군요. 원래 글로벌은 유통과 식품, 건설을 주력으로 했는데, 점점 제약 쪽이 강화되는 느낌이네요. 혹시 나중에 병원을 운영할 계획도 있으신가요?"

"물론입니다. 그것 때문에도 이번에 바이오 산업에도 투자한 거죠. 현재의 수익증대를 위해서가 아니라 미래를 보고 바이오와 메디컬의 결합을 추진해 나갈 예정입니다."

여기자는 눈치 빠르게 계속해서 민호가 원하는 질문을 해주었다.

민호는 웃으며 자기가 하고 싶은 말을 다 했다.

그녀에게 고마운 마음이 들어서 이번에는 자유롭게 질문할 기회를 주었다.

"자, 이제는 원하는 질문 하세요."

"아, 정말이요? 다른 기자들이 아주 부러워할 거 같아요. 고마워요, 김 소장님."

그녀는 눈을 빛내며 두 손을 붙잡고 가슴에 모았다.

대체로 자신과 인터뷰하는 기자들의 전형적인 모습이었다.

민호는 웃으면서 그녀에게 말했다.

"아닙니다. 궁금하신 거 있으면 말씀해주세요."

"흠… 많은 여성이 궁금해하는 건데요."

많은 여성이 궁금해하는 거라…

"역시 김민호 소장님의 러브스토리겠죠."

예상대로였다.

언젠가 나올 질문이라고 생각했는데, 드디어 유미와 사귀게 된 과정을 물어보는 여기자.

이왕 이렇게 된 것, 민호는 거침없이 그 과정을 이야기했다.

유미 시점이 아니라 민호의 시점에서 시작된 이야기였다.

당연히 과정에 자신의 구애와 그녀에 대한 변치 않은 애정 행각이 디테일하게 나올 수밖에 없었다.

듣고 있는 여기자의 눈에 유미에 대한 부러움이 활활 타오를 정도로, 민호의 사랑이야기는 절절했다.

"부럽네요, 부러워요. 그런데 정유미 과장도 다시 회사에 복귀할 예정인가요?"

"와이프가 원하면 그렇게 해야죠. 아마도 아이가 좀 크면 다시 복귀하지 않을까요? 예전에 유미가 이런 말을 한 적이 있거든요. 음식으로 세계와 겨루고 싶다."

"아, 정말이요? 그 이야기도 듣고 싶은데."

"간단합니다. 우리나라의 음식이 아직 세계적으로 덜 알려졌는데, 정유미 과장이 개발한 외식상품으로 다른 유명한 곳과 겨루고 싶다는 이야기죠."

"예를 들면 아웃백이나 TGI 프라이데이처럼요?"

"네, 그 이상입니다. 거기다가 제 와이프는요…."

'제 와이프는요.'라는 말이 나올 때 민호의 눈에는 애정이 묻어 있었다.

그게 또 부러웠다.

그러나 민호의 이어지는 말을 놓치지 않으려 다시 귀를 기울이는 여기자.

"골목상권을 절대 건드리면 안 된다는 철학을 가지고 있습니다. 그래서 만약 복귀한다고 해도, 세계 무대에 진출할 상품을…."

처음에는 사랑이야기로 시작된 것이 점점 팔불출화로 끝마쳤다.

유미와 나래 이야기를 할 때에는 늘 이렇게 아드레날린이 돌면서 감정이 이성을 제압했다.

그래서 오늘은 인터뷰가 끝나고 후회가 들었다.

거기다가 다음날 신문에는 진짜 유미에 대한 이야기를 전면에 할애했다.

타이틀도 멋졌다.

– 글로벌의 인재, 세계 시장을 두드릴 외식상품을 꿈꾸다.

다행히 이번 기사에서는 민호와 유미의 러브스토리를 빼고, 사업적인 이야기로 잘 포장해서 나왔다.

그 기사를 보면서 민호의 얼굴에는 흐뭇함이 자리 잡았다.

역시 그는 팔불출이었다.

⚜

글로벌의 핵심은 무역이다.

무역은 유통의 국제화를 뜻하는 것이다.

따라서 국내외 유통에서 절대 강자였던 그룹들을 턱밑까지 쫓아 오다 보니 어느새…

글로벌 무역상사는 빅 쓰리가 되어 있었다.

여기에 절대적인 영향력을 끼친 사람은 바로 민호였다.

그러나 최근에는 민호 이외에도 국내에서는 재권이, 해외에서는 종섭과 이정근이 활약하고 있었다.

특히, 두바이에서 활약하는 종섭은 종횡무진, 능력을 뽐내는 중이었다.

시작은 민호였는데, 킹 그룹의 두바이 유통망을 전격 인수한 사건 이후로 유통망을 확보한 글로벌 두바이 지사가 훨훨 날았다.

그다음에 종섭이 그 유통망을 이용해서 글로벌의 상품을 서남아시아에 엄청나게 수출했다.

이번에는 뽐낼만했다.

먼저 연락하는 법이 거의 없었던 종섭은 요즘 자주 연락하는 이유였다.

심지어 마지막으로 통화했을 때, 그는 민호에게 전화해서 이렇게 말했다.

"내년이야. 그때까지 내가 여기서 몇조 달러의 물건을 파는지 한 번 봐봐."

그 말을 한 이유를 민호는 아주 잘 알고 있었다.

자랑도 자랑이지만, 자신을 자극하는 것이리라.

박상민 회장의 얼굴에 웃음꽃이 피었다.

아무리 그가 객관적이라도 자신의 사위가 잘해내면 기분이 좋을 수밖에 없었다.

그러나 그의 가장 큰 신임은 민호에게 가 있었다.

이번에 그를 부른 이유도 마찬가지다.

"종섭이 이놈 자식이… 영준이를 붙여달라는데?"

"아, 그렇습니까?"

박영준.

작년에 회사에 입사한 신입으로 박상민 회장의 아들이었다.

암암리에 그가 아들이라는 게 알려졌긴 하지만, 모르는 사원들도 꽤 많았다.

물론 민호는 예전부터 알고 있었다.

"중고차와 중고 휴대폰에 동시에 진출한다고… 사람이 많이 필요하대. 그런데 이번에 지 처남이랑 일하고 싶다며, 나중을 위해서 그쪽에서 고생해봐야 한다는데…."

"나쁘지 않네요."

"그래? 그렇게 생각해?"

"네, 좋은 기회라고 생각합니다."

민호의 말을 들은 박상민 회장의 얼굴에 미묘한 빛이 떠올랐다.

사실 박영준을 민호 밑에 배속시키고 싶었다.

경제연구소에서 일하는 이들은 하나같이 인재로 이루어졌다.

좀 더 면밀하게 들여다보면 민호가 그들을 인재로 탈바꿈시키는 것 같았다.

부모 된 도리로 좋은 스승을 찾는 것은 당연한 일.

다만 민호에게 자신의 지위를 이용해서 청탁할 수는

없었기에 은근히 박영준을 데리고 가기를 바랐다.

"그럼 이번에 보낼까? 난 그래도 아직은 여기에서 더 배워야 한다고 생각했는데…."

"국내에서 더 배우는 것도 나쁘지는 않죠."

"그지? 그렇게 생각하지?"

"그러나 해외에서 견문을 넓히는 게 더 좋다고 생각합니다."

자신을 들었다 놓았다 하는 민호.

어쩔 수 없이 고개를 끄덕였다.

"그럼 다음 정기 인사이동 때 그쪽으로 보내야겠어."

"네. 아… 인사이동 이야기가 나와서 말인데요."

"……."

"두 가지 드릴 말씀이 있습니다."

두 가지라.

늘 민호가 하는 이야기에 귀를 기울였기에, 무슨 이야기를 할지 궁금했다.

"하나는 이번 신입사원 뽑는 문제입니다. 저는 이번 면접부터 블라인드 면접을 했으면 좋겠습니다."

홀릭

HOLIC : 그의 직장 성공기

205회. 블라인드 면접

"블라인드 면접이라."

이건 생각해볼 문제였다.

아무리 민호의 의견에 믿음이 가도, 아직 한국에서는 스펙이 중요하기 때문이다.

인재확보를 위해서 기업들이 공을 들이는 시대.

괜히 잘못 뽑는 것은 큰 위험을 초래했다.

그래서 재빨리 말을 돌렸다.

"다른 하나는 뭐지?"

민호는 속으로 쓴웃음을 지었다.

아무리 박상민 회장이 파격적이라고 해도, 아직은 블라인드 면접이 시기상조라고 생각하는 것 같았다.

"다른 하나는… 자리 문제입니다."

"자리?"

"네, 유통본부장 자리요. 재권이 형님이 겸직한다고는 하는데 사실상 유통본부장 자리가 비어 있잖아요."

재권을 부회장으로 이동조치 시킨 건 바로 박상민 회장이었다.

다만 마땅한 사람을 후임을 뽑지 않은 바람에 재권이 유통본부의 일도 겸직으로 처리하고 있었다.

"처음에는 큰 공백이 없었는데, 요즘 재권이 형이 워낙 일을 많이 만들어서 유통 본부가 약간 비정상적으로 돌아간다는 느낌입니다."

"그… 그렇지."

겸연쩍은 표정을 짓는 박 회장.

민호의 말이 옳았기에 더더욱 미안해졌다.

욕심이 없는 사람이 어디 있겠느냐마는, 그에게는 다른 욕심이 있었다.

바로 깨끗하게 자신의 자리를 넘겨주고 떠나는 것.

처음에 2년 약속을 했고, 이제 그 시간이 다가왔다.

아무래도 그 약속은 지키지 못할 게 확실해진 상황.

그 이유가 후임을 키우지 못했기에 이와 같은 불상사가 생겼다고 여겼다.

그래서 재빨리 후계자 수업을 위해서 재권을 부회장 자리로 만든 것이다.

그게 살짝 무리수가 될 줄은 예상하지 못했다.

"그럼… 누구를 그 자리로 보내야 하나. 너는 안 될 거고, 그렇다고 지금 신 나게 중동에서 프로젝트 진행 중인 종섭이도 마찬가지고…."

"그렇죠."

유통본부장은 애매한 위치였다.

임원급의 자리이기는 했지만, 그렇다고 이사 이상을 그 자리에 보내는 것은 모양새가 좋지 않았다.

부장급에서 올려보내는 게 나은데, 마땅한 사람이 있었다면 벌써 그 자리에 앉혔을 것이다.

그런데 민호가 유통본부의 빈자리를 이야기하니, 마땅한 사람을 알고 있다는 표시나 마찬가지였다.

그래서 호기심에 민호를 바라보았다.

그를 오래 기다리게 하지 않은 민호.

바로 입을 열었다.

"신주호 지점장이 괜찮아 보입니다. 글로벌 마트 부산점을 몇 개월 만에 국내 2위의 지점으로 만들었습니다."

"신주호 지점장이라… 나쁘지 않아."

박 회장은 민호의 추천에 고개를 끄덕였다.

유통을 잘 아는 사람이 유통본부장에 앉아야 한다는 생각이 있었는데, 신주호는 꽤 적합했다.

대기만성이라고 하던가.

만년 과장으로 있을 것 같은 사람이 차장으로 올라가

그 역할을 잘해줬고, 글로벌 마트 본점 부지점장으로 갔을 때에도 역시 우성영을 보조하면서 마트를 키웠다.

실질적으로 글로벌 마트 구의 본점에 우성영이 신주호의 도움을 받아서 1위 점포에 등극했다는 이야기도 있었다.

작년에 부산점으로 가서 2위로 만든 걸 보니 그 이야기가 틀린 것만은 아니라는 생각이 들었다.

그래서 민호가 조사해본 결과 아이디어도 아이디어지만, 직원과의 융화, 성실성 등이 잘 조화되어 마트의 매출을 점진적으로 늘렸다.

거북이는 느리지만, 결국은 결승점을 통과한다는 말을 보여주는 사람이 바로 신주호 같았다.

회장실을 나오면서 민호는 옛 생각에 신주호에게 전화를 걸었다.

(어, 민호야.)

"지점장님, 곧 좋은 소식이 있을 거 같습니다."

(응? 그건 무슨 소리야?)

"본사로 다시 들어오실 거 같아서요."

(잉? 정말? 그게 사실이야?)

"네, 지금 회장님하고 이야기 마치고 나오는 길인데… 아마도 유통본부장님이 되실 거 같아요. 하하하."

민호의 말대로 그는 바로 상반기 인사이동 때 본사로 올라왔다.

유통본부에서 일하던 사람들은 그를 잘 알고 있었기

때문에, 새로운 유통본부장을 매우 환영했다.

민호 역시 그가 부임한 지 일주일 후에 바로 술자리를 잡았다.

퇴근 후 예전에 자주 가던 삼겹살집에 그들은 고기를 구우면서 소주를 기울였다.

신주호는 한 잔 꺾은 뒤에 바로 감탄하는 목소리를 냈다.

"캬아… 옛날 생각난다. 그지, 민호야."

"그럼요. 이제야 말씀드리는데, 항상 본부장님은 저의 롤모델이셨습니다."

"에이… 나 같은 사람 롤모델 해봤자지. 넌 내가 아니라도 무조건 컸어."

"절대 아닙니다. 자칫 자만했을지도 모르는데… 늘 저에게 겸손을 가르쳐 주셨습니다. 그래서 지금은 교만하지 않고, 항상 겸허한 자세로 일하고 있죠."

민호의 그 말에 살짝 시선을 피하는 신주호.

동의할 수 없는 말이었다.

본사에 와서 듣는 목소리는 한결같았다.

민호가 능력은 있지만, 싸가지 없기로 소문이 났다고.

심지어 이번 신입사원 리크루트에서는 블라인드 면접을 보자고 떼를 썼단다.

워낙 민호의 파워가 강해지다 보니 현재 서류만 받아놓고 있는 상태에서 계류 중이라며 제발 민호를 만나면 설득해달라고 부탁하는 사람들이 꽤 되었다.

출신 학교와 학점 등 스펙을 전혀 보지 말고 인터뷰만으로 사람을 뽑자는 민호.

그 때문에 다시 받은 서류를 돌려주는 것도 이상한 꼴이 된다.

난감한 입장이라고 입을 모아서 신주호의 바짓가랑이를 잡은 사람이 바로 인사팀과 기획팀의 부장들이었다.

오늘 자리를 만든 것도 신주호였다.

넌지시 그 이야기를 한 번 꺼내보기 위해서 민호의 소주잔을 채워놓고 말을 꺼냈다.

"네가 왔을 때가 생각난다. 처음에 허리를 90도로 굽히면서 인사하던 게 말이야. 파릇파릇한 신입. 늘 그맘때는 왜 그렇게 귀여운지. 하하하."

"헐… 저도 귀여웠나요? 하하하. 전 그때 본부장님이 저를 전혀 신경 쓰지 않으신 줄 알았어요."

"그렇지 않아. 너도 알잖아. 나… 사람 좋아하는 거."

"그렇죠. 그거야말로 항상 배워야 할 점이죠."

"그래서 말인데… 이번에 내가 신입사원 면접에 관해서 이야기를 들었거든."

술잔을 든 민호는 이제야 신주호가 무엇을 이야기하려고 드는지 눈치챘다.

"블라인드 면접을 말려달라고 누군가 부탁했군요."

"응? 아니야… 아니야."

"본부장님은 다 티가 납니다. 어쨌든… 본부장님이 말

씀하셔도 이번에는 블라인드 면접을 했으면 좋겠습니
다."

"그… 그래?"

"네. 이게 좀 위험하다고 생각하는 사람이 많은데… 그
게 아니라는 걸 보여주고 싶습니다."

"흠…."

신주호는 자신의 말이 안 먹힐 거라는 걸 깨달았다.

게다가…

"사람 냄새를 찾기 위해서 꼭 출신학교와 같은 스펙이
필요한 건 아니잖아요."

민호의 말은 완벽하게 설득력이 있었다.

마지막으로,

"대신 지금까지 받은 서류를 다시 돌려줄 수는 없으니
까, 반으로 할당해서 블라인드 면접을 한다고 발표하고 새
로 신입사원들을 리쿠르트해보겠습니다."

라는 말에 고개를 끄덕였다.

아무래도 민호를 응원해야 하는 게 옳다고 생각한 신주
호였다.

✤

대한민국에서는 스펙이 최고다.

부정할 수 없는 사실이었다.

스펙으로 사람을 뽑는 것. 무조건 나쁘다고만 볼 수 없었다.

문제는 스펙으로만 사람을 뽑는다는 것. 개선의 여지는 있었다.

민호가 내놓은 절충안이 그래서 괜찮아 보였다.

신입사원의 3분의 2는 서류면접을 통해서 심사하고, 나머지 3분의 1은 블라인드 면접을 통한다.

이게 언론과 포털 사이트에 뜨자 많은 취업 백수들이 글로벌로 향했다.

그렇지 않아도 취업준비생들에게는 글로벌이 기회의 땅이라는 소문이 쫙 퍼진 상태였다.

물론 그 중심에는 민호가 있었다.

입지전적인 인물.

아래에서 위까지 아무 배경 없이 올라간 사람이 어디 있었던가.

그것도 2년 만에.

더구나 스펙도 대단히 뛰어난 것은 아니었다.

서울에 있는 중위권 대학 출신이다.

그 때문에 이번 면접에서는 민호의 대학 출신이 대거 참여했다.

민호가 면접하러 지나갈 때, 뒤에서 수군거리는 소리가 들렸다.

"저 사람이 김민호야."

"그래? 근데… 면접하러 가는 곳이…."

"젠장, 저쪽은 블라인드 면접인데…."

면접하는 곳이 두 군데로 나뉘어 있었다.

하나는 서류면접을 통과한 사람들을 위한 곳이고, 다른 하나는 이른바 블라인드 면접을 위한 장소였다.

민호가 들어간 곳이 바로 블라인드 면접 장소.

이것 때문에 민호를 알아본 사람들이 약간 술렁였다.

"박강철… 이번에 우리가 잘 될까?"

"이럴 줄 알았으면, 블라인드 면접으로 가는 건데."

애매한 스펙.

서울 최상위권 대학교 출신이 아닌 박강철은 그렇다고 블라인드 면접을 선택할 수는 없었다.

여기도 저기도 취직을 확신할 수는 없었기에.

그나마 다행인 것은 작년에 민호가 면접을 보았고, 그가 민호 학교 출신이라는 점.

올해 민호가 면접관으로 나타나면 같은 학교 출신이라는 점을 내세워 잘 봐달라고 말하려 했는데…

'젠장… 이번에도 틀렸다. 이제 K 전자만 남은 것인가….'

좌절의 빛이 그의 눈을 가득 메웠다.

❧

들어오자마자 민호는 자리에 앉았다.

이미 자신의 좌우에 앉은 사람이 있었다.

면접관으로는 왼쪽에는 재권이 오른쪽에는 신주호가 앉았다.

"블라인드 면접이라. 역시 민호야. 이런 아이디어를 생각해 내다니."

언제나 자신의 편이 되어주는 재권. 이번에도 그의 입에서 칭찬이 나왔다.

신주호도 만만치 않았다.

"예전에 나한테 많이 배웠다고 했는데, 이제는 내 차례야. 내가 배워야 뒤떨어지지 않지."

그는 얼마 전에 민호에게 완전히 설득당했다.

블라인드 면접의 취지에 대해서 확실히 느낀 바가 적지 않았다.

살며시 웃음 짓는 민호.

이제야 제대로 된 사람을 뽑을 수 있다고 생각했다.

지난번 신입사원은 영 마음에 들지 않았다.

싸가지 없고, 잘난 체하고.

이번에는 아주 예의 바르고 겸손한 사람을 뽑으리라.

그렇게 해서 첫 번째 팀이 들어왔다.

세 명이었고, 둘은 남자, 하나는 여자였다.

그들의 스펙을 전혀 모르는 상태.

명찰만 가슴에 차고 들어왔으니, 그걸 보면서 질문하기 시작했다.

"글로벌을 아시나요?"

"잘 알고 있습니다."

"뭐든지 물어보십시오."

"네."

아무리 블라인드 면접이라도 잘난 체하는 사람은 이렇게 존재했다.

민호는 '네'라고 말한 사람을 가만히 바라봤다.

잘난체하는 남자 둘과 비교하면 여자의 대답은 매우 간단했다.

언제나 사람을 잘 본다고 자부하는 그였다.

딱 봐도 그녀가 제일 맘에 들었다.

그래서 물었다.

"김현아 씨."

"네."

"알고 계신 글로벌에 대해서 말씀해 주세요."

가슴의 명찰을 보고 발언의 기회를 준 민호.

나머지 두 남자는 그녀를 부러운 눈으로 바라보고 있었다.

그녀는 그 시선을 받고, 매우 겸손한 말투로 글로벌에 대해서 말하기 시작했다.

그녀의 낭랑한 목소리에 재권과 신주호의 눈빛이 호감을 보였다.

"…실질적인 창립 3주년째인 올해 글로벌은 글자 그대로 세계로 뻗어 나갈 계획을 세웠습니다. 기존의 유통망을 확대하며 중국 무대를 평정하고 러시아에 진출하려고 합니다."

"……?"

그녀의 마지막 말에 의문을 느낀 세 면접관.

러시아 진출은 아직 하지 않은 상태였다.

내부적으로 검토는 하고 있긴 했지만, 외부에는 알려지지 않았는데…

"아… 죄송합니다. 제가 글로벌에 입사하려고 항상 자기 주문을 걸다 보니 저도 모르게…."

"자기주문이요?"

"네."

짧막한 대답은 호기심을 자아냈다.

민호는 계속해서 물었다.

"뭐라고 자기주문을 하셨는데요?"

"……."

"괜찮으니까 말씀하세요."

그녀가 대답하지 않자, 민호가 웃으며 말할 수 있는 바닥을 깔아주었다.

그러자 그녀는 조심스럽게 대답했다.

"이런 말씀 드리면 어떻게 생각하실지 모르겠는데… 사실 제 롤 모델은…."

여기서 다시 눈치를 보는 그녀였다.

재권과 신주호는 그녀가 망설이는 이유를 알았다.

아마도 자신들의 옆에 있는 민호가 롤 모델이었을 것이다.

그런데 민호가 롤 모델이라고 말하면, 괜히 아부하면서 뽑아달라고 하는 거 같아서 주저하는 느낌.

그녀의 옆을 보자 두 남자의 눈빛에도 비슷한 예측이 섞여 있었다.

심지어 한 명의 입에서는 자기도 모르게 이 말이 튀어나왔다.

"김민호가 롤 모델… 험."

그는 실수했다는 듯이 입을 다물었지만, 이미 여기 있는 사람들의 귀에 다 들어간 후였다.

민호는 살짝 인상을 찌푸렸다.

만약 그녀의 입에서 자기가 롤 모델이라는 이야기가 나오면 가차 없이 지금까지의 호감을 회수하려 했다.

그때 그녀의 입이 열렸다.

HOLIC : 그의 직장 성공기

206회. 병원에서

"아닙니다. 제 롤 모델은 글로벌 푸드의 정유미 과장님
이라고…"

뜻밖의 대답이 김현아의 입에서 나왔다.

민호의 눈이 커졌다.

마음속으로는 이미 그녀는 합격이라고 외치고 있었다.

그래선 안 된다는 이성과 충돌하는 상황.

잠시 헛기침을 하면서 그녀에게 또 물어봤다.

"험. 험. 정유미 과장을 롤 모델로 한 이유를 알고 싶은
데요."

"골목 상권이 아니라, 세계를 경쟁 무대로 외식 상품을
계획 중이라고 들어서요."

이건 또 어디서 알았을까?

생각해보니 지난번 기자와 인터뷰했을 때, 자신이 말했던 것 같았다.

민호는 공식적인 팔불출이었다.

아내와 딸 자랑을 대 놓고 했다.

그때에도 다른 그룹처럼 골목상권을 노리며 프랜차이즈를 만들 생각은 없다면서, 앞으로 세계의 음식들과 당당히 경쟁할 거라고, 그 계획을 유미가 실현할 거라고 자기도 모르게 말했다.

그 기자가 진짜 말한 대로 적어서 기사화할 줄은 정말 몰랐다.

그리고 그 기사를 지금 앞에 앉은 김현아가 읽었을 줄도 몰랐다.

"그렇군요."

일단 여기까지다. 다른 두 남자에게도 기회를 주어야 한다.

대신 그들에게 질문은 민호가 아닌 재권과 신주호가 주로 했다.

하지만 이 세 사람의 머리에는 이미 김현아라는 이름이 새겨졌다.

첫 시작부터 좋은 인재 한 명을 확보했다는 느낌.

그들이 나가자 민호가 낮은 목소리로 말했다.

"험, 험. 유미를 언급해서가 아니라… 솔직히…"

"나도 맘에 들더라."

신주호가 그가 헛기침을 해대면서 변명하려 하자 슬쩍 웃었다.

재권도 마찬가지.

"나도 김현아 씨가 괜찮던데. 이제야 네 의도를 알았어."

"저의 의도요?"

"응. 스펙을 보지 말자. 그리고 튀는 사람 위주가 아닌 그렇지 않은 사람도 발언의 기회를 먼저 줘보자. 이런 의도 잖아. 맨날 튀는 사람은 준비되어 있어서 그 사람에게 집중해서 질문하곤 했거든. 가끔은 그렇지 않은 사람의 생각을 먼저 물어보는 것이 중요하다는 걸 깨달았어. 역시 민호야, 역시!"

그렇게 깊은 생각을…

'내가 하지는 않았는데….'

하지만 민호는 애써 표현하지 않았다.

재권이 그렇게 알고 있다면, 괜히 그게 아니라고 말할 필요는 없었다.

그리고 생각해 보니 그럴싸하게 포장되어서 아주 기분이 좋았다.

그렇게 면접이 재개되고, 드디어 마지막 면접.

그동안 민호를 비롯한 재권과 신주호는 제일 처음처럼 면접 대상자 중 조용한 사람 위주로 물어보지 않았다.

최대한 공평하게 묻는 게 목적이지, 일부러 튀지 않는 사람을 시키려고 의도한 게 아니었다.

때로는 가장 튀는 사람에게 물어봤으며, 때로는 약간 나서지 않은 이에게 질문했다.

지금 마지막에는 재권이 눈빛 강렬한 사람에게 대놓고 물어봤다.

"혹시 롤모델이 있습니까? 물론 회사에서요."

"글로벌에서 말입니까?"

말투가 이곳에는 없다는 식이었다.

도전적인 자세였다.

재권은 민호를 많이 봐 왔기에, 이런 사람에게 호의적이었고.

그 때문인지 웃으며 그에게 질문했다.

"뭐, 굳이 글로벌이 아니라도 상관없습니다."

"그렇다면 있습니다."

'그렇다면 있습니다.' 라는 대답.

딱 봐도 글로벌이 아닌 다른 기업 쪽 사람 같았다.

"누구죠?"

"성혜 그룹 회장, 안재현입니다."

"……."

잠시 정적이 흘렀다.

민호가 살짝 재권의 표정을 보았다가 다시 시선을 정면으로 향하며 방금 안재현이 롤 모델이라고 말한 사람의 이름표를 확인했다.

정진현.

이름표에 붙어 있는 세 글자.

다시 고개를 돌렸을 때, 재권의 눈이 파르르 떨리는 걸 보았다.

요즘 가장 듣고 싶지 않은 이름이 신입사원 면접장에서 나왔다.

그래도 이 정도 반응이라니, 확실히 지난번 일이 큰 충격으로 다가왔나보다.

그런데 이게 끝이 아니었다.

약간 감정이 섞여 있는 말투로 면접자의 이름을 부르는 재권.

"정진현 씨!"

"네."

"혹시 성혜 그룹에 대해서도 알고 계십니까?"

"……."

물어보는 의도가 너무 광범위했다.

그래서 잠시 눈만 껌뻑이는 정진현을 향해서 재권이 계속 입을 열었다.

"글로벌과는 다르게 편법과 꼼수로 기업을 키워온 곳 말입니다. 저희 그룹의 박상민 회장님과의 철학과는 완전히 다른 분이 꼭대기에 앉아 계시죠."

"……."

갑작스러운 재권의 말.

면접장에 있던 다른 사람들의 눈이 커졌다.

정적이 흐르는 가운데 신주호는 놀라서 민호를 쳐다보았다.

수습해야 할 필요성을 느낀 민호는 재빨리 입을 벌렸다.

"깜짝 질문이었습니다. 상사의 개인적인 취향에 반응 정도를 보는 테스트죠. 지금 건 대답을 하지 않으셔야 하는데… 잘하셨네요. 하하하."

"아… 네. 하하하."

"그럼 모두 나가보세요."

민호가 웃으며 말하자 모두 자리에서 일어나 밖을 향했다.

그렇게 모든 면접이 끝나고, 민호는 재권에게 눈짓했다.

이야기 좀 하자는 의미였다.

옥상에 올라갔다.

늘 보이는 대형 화면에서는 글로벌 건설의 분양 소식이 화려하게 보였다.

최근 인기 있는 드라마의 여자 주인공이 선전하는 것을 보았지만, 민호의 눈에 들어오지 않았다.

"형님… 너무 의식하시는 거 같습니다."

"……."

재권의 장점은 다른 사람의 말을 잘 듣는다는 것.

하물며 민호의 조언이다.

이번에도 고개를 끄덕이며 인정하는 그였다.

"그러게. 나도 모르게… 미안하다."

"아뇨, 아뇨. 이해합니다. 저 같아도 우리 나래를 양녀로 들이겠다고 말하면 화가 날 겁니다."

"응. 그런데 너 같았다면, 사적인 감정을 공적인 일에 들이대지 않았겠지."

그랬을까?

항상 재권은 민호를 아주 잘 보고 있었다.

완벽한 사람은 없다.

그걸 추구하려는 사람은 많지만.

민호 역시 아무리 완벽하려고 들어도 감정이 있었다.

즉, 가끔 자신의 사적인 일과 공적인 일의 구분을 모호하게 처리하는 경우도 발생했다.

"일단… 마지막 롤모델에서 격해졌지만, 점수는 괜찮게 매겼어. 너무 걱정하지 마라."

"아, 네. 사실 그 부분은 걱정 안 합니다. 다만…."

"……."

"아니에요. 이런 데서 지금 시점에 할 이야기는 아닌 거 같고, 어떻습니까? 오늘 술 한잔 하실래요?"

안재현에 대한 주제로 할 말이 있었다.

지난번 이후 계속 든 의혹.

실제로 재권의 아이를 양자로 들이려 했다면, 그와 같은 방식을 쓰지 않았을 거라는 확신.

안재현답지 않았다.

오버해서 생각하는 것일 수도 있지만, 마치 일부러 재권을 자극해서 자신을 이기라고 주문하는 느낌이 들었다.

그래서 이런저런 이야기를 하며 상의하려고 술자리를 권한 건데…

"미안하다. 오늘 병원 갈 일이 있어서."

"병원이요? 어디 아프세요? 아, 혹시 형수 님?"

민호도 작년에 비슷한 경험이 있었다.

병원 이야기를 하면 당연히 '유정은 임신 중'이라는 말이 떠오를 수밖에 없어서 물었다.

그러자 재권은 웃으며 고개를 저었다.

"아니야. 어머니가 건강검진을 받아야 할 상황이라. 너도 알지? 예전에 한국대학 병원에서 아버지 주치의 하신 분."

"아… 알죠. 그분이 우리나라에서 위장관 외과 쪽으로는 최고라고…."

"응. 어머니 위가 안 좋으시거든. 혹시 몰라서 모시고 가려는 거야."

"그럼 가셔야죠. 가십시오, 형님. 술자리는 내일도 있고, 모레도 있고, 언제든지 시간 낼 수 있는데… 부모님은 있을 때, 잘해야 하는 거잖아요. 하하하."

"그래. 항상 고맙다."

그는 이제야 마음이 좀 해갈된 듯, 민호에게 고마움을 표현했다.

그 말을 가볍게 넘기는 민호.

"넵! 항상 저한테 고마워하셔야죠. 아마 친동생도 저 같
진 않을 거예요."

재권의 얼굴에 미소가 새겨졌다.

❀

한국대학교 병원.

국내에서 위장관 분야 최고의 권위자, 육인섭 교수는 얼
굴을 잔뜩 찌푸리고 있었다.

앞에 앉은 안재현이 말을 들어 처먹지 않았다.

"너… 정말 이럴 거니?"

"……."

보통 안재현을 대우해 주려고 안 회장이라고 불렀던 호
칭이 사라졌다.

안재현의 아버지, 안판석을 오랜 시간 담당했던 주치의
로서…

이제 그의 아들인 안재현의 주치의로서!

화가 났다.

자신의 목숨을 아무렇게나 생각하는 것을 보고 목소리가
높아졌던 것이다.

"고정하시죠. 의사가 환자한테 소리를 지르면 어떻게 합
니까?"

"너 같으면 고정할 수 있겠어? 수술하면 살아. 산단 말이야!"

그 말에 씨익 웃는 안재현.

자리에서 일어나며 말했다.

"환자한테 거짓말하는 거 아닙니다. 지난번에 50%라는 확률… 그것도 이제 믿기가 힘드네요."

"도대체 넌… 그런 부분까지 돌아가신 회장님을 닮았구나. 그렇게 수술을 안 한다고 하시더니…."

"이런 말 하기 정말 싫지만… 부전자전인가 봅니다."

그 말을 끝으로 뒤돌아선 안재현.

육인섭은 안재현의 등 뒤에 절대 타협불가라고 쓰여있는 느낌을 받고 혀를 찼다.

고개를 저으며 그의 발걸음을 잠시라도 멈출 말을 했다.

"네 동생이 조금 있다가 자기 어머니 모시고 온다."

우뚝.

정말 멈췄다.

그러나 문 손잡이를 잡은 손은 여전했다.

손잡이를 돌리면서 그는 이렇게 말했다.

"그렇군요. 그런데 헷갈리네요. 제 동생과 어머니. 한참 생각했잖아요. 아… 아시겠지만, 제 이야기는 하지 말아주세요. 그럼 다음 주에 뵙겠습니다."

그 말을 끝으로 문을 열고 나간 안재현.

갑자기 발걸음을 빨리하며 엘리베이터 앞에서 버튼을

눌렀다.

그러다가 지하에서 올라오는 엘리베이터를 보고 다시 뒤돌아서서 비상계산으로 향했다.

마주치지 않기 위해서였다.

방금 육인섭이 말한 재권과 그의 어머니와 마주치지 않기 위해서 그는 계단을 선택했다.

주차장에 다다르고 나서야 차에 탔다.

요즘은 자신이 운전하는 경우가 꽤 잦았다.

이것 때문에 신지석은 걱정하는 눈빛을 자주 보였다.

그러나 자신이 병원을 출입한다는 사실은 정말 비밀로 해야 했다.

이게 알려지면, 하이에나처럼 달려들 놈이 한두 명이 아니니까.

치이익. 시동을 걸고…

뚜우. 블루투스가 연결되며 그는 손가락으로 한글을 조합했다.

먼저 'ㅁ'을 누르고, 그다음은 'ㅏ'였다.

거기다가 받침 'ㄱ'을 하니 '막'이 새겨졌다.

그러자 그 음절로 시작되는 사람 하나가 블루투스 화면에 떠올랐다.

막내동생 재권!

언제는 첩의 아들이라더니…

그는 전화 걸기 버튼을 누르며 차의 가속기를 밟았다.

＊

재권은 인상을 찌푸렸다.

앞에 앉은 육인섭 교수가 어머니를 안정시키는 말을 하고 있을 때, 전화가 울려서가 아니었다.

스마트폰을 들어보니 목소리도 듣고 싶지 않은 인간에게 전화가 왔다.

"죄송합니다. 전화 좀 받고 오겠습니다."

어머니와 육인섭 교수에게 양해를 구한 뒤에 진료실에서 나간 그는 통화 버튼을 눌렀다.

'여보세요'라는 말은 하지 않았다.

그러자 안재현의 목소리가 들려왔다.

(나다.)

"⋯⋯."

그래서 어쩌라고?

그렇게 말하고 싶었다.

단 한 번의 용기가 필요한 순간이었다.

지금까지 그를 누르고 있던 안재현의 위압감을 떨칠 수 있는 한마디.

그게 요구되었다.

그러나 끝내 그는 하지 못했다.

대신 예전과는 달리 가장 차가운 목소리를 냈다.

"왜요?"

(요즘 용 쓰고 있는 거 같은데… 그래 봤자다. 넌 안 되니까. 그래서 권유한 거야. 네 아들… 내게 다오. 잘 키워서 성혜를 이어가게 해주마.)

화가 났다. 언제는 첩의 자식이라면서. 그런데 이제 와서 아쉬우니까 그 핏줄을 요구했다.

솟구친 분노는 용기를 만들었다.

"안재현… 경고하는데… 다시 내게 전화받을 때는 아마도 내가 성혜를 차지하고 나서일 거야. 이만 끊자."

❧

집으로 돌아가는 안재현의 차 안에서.

블루투스의 통화화면이 끝났다.

그리고…

안재현의 얼굴에 미소가 진해졌다.

HOLIC : 그의 직장 성공기

207회. 하늘을 봐야 별을 딴다 1

2주년.

지금은 글로벌로 이름이 바뀐 L&S 상사에 입사한 딱 만 2년이 되는 오늘.

민호는 회장실에 올라가서 박상민 회장에게 미소를 지으며 추진하는 일의 경과를 보고하고 있었다.

글로벌 그룹이 좀 더 빠진 톱니바퀴를 연결하기 위해서 한 가지 계열사가 더 필요하다고 판단한 민호.

몇 개월 동안 시간을 쪼개며 그 일에 매달렸다.

그게 바로 의류 부분이다.

의, 식, 주. 이 세 개의 계열사를 가지고 있는 그룹이 진정한 대그룹이라는 소리가 있었다.

박상민 회장은 드디어 준비가 다 되었다는 민호의 이야기를 듣고 기분이 좋은 듯이 고개를 끄덕이며 말했다.

"그동안 고생 많았구나."

"아닙니다. 이제 패션쇼와 더불어 1, 2, 3호 점포를 시작으로 이번 달부터 글로벌 어패럴의 처음과 끝을 보시게 될 겁니다."

과연 그럴 수 있을까?

처음은 볼 수 있지만, 끝은…

늙어 죽을 때까지 글로벌의 회장으로 있으라는 암시 같았다.

가볍게 웃으며 넘기는 박 회장.

민호 역시 웃으면서 회장실을 나왔다.

경제 연구소에 들어가 보니 드디어 신입사원이 배정되었다.

이미 누가 배치되었는지 다 알고 있는 민호.

사실 자신이 신입사원을 끌고 온 거나 마찬가지다.

박상민 회장과 부회장인 재권.

거기다 인사 팀장까지 적당하게 구워삶아서 이번 면접 때 찍었던 두 사람을 배속시켰다.

그게 바로 김현아와 정진현이었다.

전자는 자신의 아내인, 유미를 롤 모델로 했고, 후자는 이제 미운 정인지 고운 정인지 불확실하게 들어버린 안재현을 롤 모델로 하는 당찬 사내였다.

오전 내내 지켜보니 그들의 성격은 각각 달랐다.

김현아는 드러나지는 않지만, 꼼꼼하며 창의력이 있었고, 정진현은 항상 나서서 무언가를 하려는 의욕이 불타올랐다.

물론 시간을 두고 더 지켜봐야 한다.

이제 민호는 신입사원을 지켜보는 위치.

먼발치에서 그들을 관찰하며 흐뭇한 미소를 지었다.

점심시간을 마치고 그들의 일하는 모습을 보며 예전 생각이 떠올라 자신도 모르게 표정에 들어간 웃음.

그것을 보며 누군가가 말했다.

"뭐가 그렇게 좋으십니까?"

이번에 인도네시아에서 복귀한 이정근이었다.

"옛날 생각 나서."

"옛날 생각이요? 아… 저 괴롭힌 거…."

"괴롭히다니? 난 싸가지 없는 신입의 멘탈을 약간 만져 준 것뿐인데…."

그 말에 이정근이 입을 살짝 벌렸다.

뭐라고 한마디 하려다가 그만둔 이유.

방금 들었던 싸가지라는 말에 반박하면 분명히 민호의 입에서 '역시 싸가지는 변하지 않았어.' 라는 이야기가 튀어나올 게 확실했다.

이런 경우에는 그냥 가만히 있는 게 나았다.

거기다가 인정하고 싶지는 않지만, 사실 민호가 자신을

혹독하게 조련한 건 좋은 결과로 이어졌다.

인도네시아에 떨궈놓고 불러들이지 않았을 때에는 살짝 원망했지만, 지금 돌아와서 대리로 바로 승진했다.

1년 만이다.

괴물 같은 자신의 상사 민호가 대리와 과장, 그리고 그 이상을 순식간에 이뤄서 별 게 아닐 수도 있지만, 1년 만에 대리를 단 것은 매우 빠른 승진이었다.

물론 민호는 그에게 승진에 따른 과중한 업무를 안겨주었다.

그날 오후 한국대학교 병원에 가서 글로벌 연구소와 병리적으로 연계시키는 임무를 받고 그는 살짝 눈을 치켜떴다.

"제가요?"

"응. 가서 윤종환 교수님 이야기하면 일단 윗사람이랑 만날 수 있어. 원래 예전에 난 완전히 바닥에서 훑고 다녔는데, 이번에 인도네시아에서 고생 많이 하고 왔으니까… 요정도 하이패스는 줄게."

반박할 수 없는 말.

늘 그렇지만, 민호와 비교하면 떨어지지 않은 사람은 없었다.

그래도 아무 말 하지 않은 이유는 자존심 때문이다.

어렸을 때부터 머리도 좋지만, 독기 하나는 남에게 뒤지지 않았다.

당연히 이번에도 성공시키리라.

그렇게 다짐하고 한국대학교 병원에 갔지만…

'휴우….'

이정근은 진땀을 흘리며 앞에 있는 교수를 바라보고 있었다.

이번에 병리학적으로 정신병 치료제에 대한 개발을 같이 연구하고 싶다고 말하자마자 불쾌한 빛을 내보이는 그가 고개를 가로저었던 것이다.

"치매와 조현병(정신 분열증)은 다릅니다. 같이 연구할 수 없다고 꼭 전해주시기를 바랍니다."

"아… 그런데…."

교수는 길게 설명하지 않았다.

대신 바쁘다며 일어나서 먼저 나가버렸다.

"그럼 안녕히 돌아가십시오."

결국, 밖으로 나온 이정근.

그의 눈에 자그마한 텃밭이 보였다.

'누가 이런 곳에 텃밭을….'

하긴 환자의 심리를 안정시키기 위해서 텃밭을 가꾸는 것도 나쁘지 않으리라.

문제는 자신의 심리가 상당히 불안정하다는 것이다.

이제 들어가서 민호에게 조롱을 받을 것을 생각하니 살짝 오기고 솟구쳤다.

차라리 기다렸다가 교수의 퇴근 시간에 맞춰서 다시 한 번 시도해보겠다고 다짐했다.

저녁 식사를 하고 교수의 차가 대기해 있는 주차장에서 버티고 있었다.

직원 주차장과 VIP 주차장이 같은 곳에 있어, 화려한 차가 그의 눈을 괴롭혔다.

차 욕심이 없는 남자가 어디 있겠는가.

언젠가 그런 차를 타고 다니겠다고 생각하며 교수가 나오기만을 눈이 빠져라…

살펴보는 중에!

"응?"

자신도 모르게 의문의 목소리가 나왔다.

고풍스러운 외제 차가 들어오더니 차를 멈추었기 때문에 내는 소리가 아니었다.

그 차에서 나오는 사람이 꽤 뜻밖의 얼굴이었기에…

이정근의 얼굴에 묘한 표정이 새겨졌다.

나온 사람은 여자였고, 그는 그녀의 얼굴을 알고 있었기 때문이다.

교수를 기다려야 하는데, 호기심에 그녀를 따라가는 발걸음은 자신도 붙잡지 못했다.

⚜

최수련.

그녀는 스스로 비운의 여인이라고 말하고 다녔다.

재벌가의 딸로 태어나서 정략결혼의 희생자가 되었다.

대상은 바로 안재현이었다.

그래도 거기까지는 나쁘지 않았다.

그 사내의 야망은 그녀를 충족시켰으면, 실제로 그룹의 후계자를 향해 한 걸음씩 걸어가는 모습이 꽤 매력적이었다.

문제는 자식 생산이 없었다는 점이다.

처음에는 하늘을 많이 보지 못해서 별을 딸 수 없다고 생각했다.

그러나 그게 아니었다.

무정자증. 그게 원인이었다.

그때부터 그녀는 안재현과 거리를 둘 수밖에 없었다.

후세를 기약할 수 없는 삶. 후계자를 두지 못하는 인생.

그 불안정한 곳에 자신의 야망을 놓고 싶지는 않았다.

서로 소원해지면서 떨어져 있게 된 것은 필연적인 결과였다.

그런데 오늘 갑자기 연락이 왔다.

안재현의 주치의로부터.

그리고 듣게 된 소식.

"대장… 암이라고요…?"

"네, 하지만 수술만 하면… 충분히 살 수 있습니다. 얼마 전에 검사해 봤는데, 여전히 50%의 확률로…."

"그이는요? 그이는 왜?"

육인섭 교수는 자신의 말을 잘라먹는 최수련을 다시 한 번 보았다.

삼십 대 후반인데 어떻게 관리를 했는지, 20대 여자 못지않은 피부를 자랑하고 있었다.

동안에 선그라스.

그녀의 눈이 보이지는 않았지만, 목소리에는 걱정이 묻어나오는 걸 느낄 수 있었다.

당연히 자신의 말을 끊은 것을 이해할 수밖에.

"휴우… 그게 걱정입니다. 저를 불신하고 있어요. 정확히는 의술을 불신하고 있죠. 아버님이 돌아가신 걸 보며, 현대 의학이 대장암을 못 잡는다고 생각하는 모양입니다. 꼭 그런 것만도 아닌데…."

"얼마나 살 수 있죠? 얼마나 오래?"

여전히 걱정이 섞인 급한 목소리.

하지만 육인섭의 눈이 살짝 커졌다.

걱정이 담겨 있는 것은 맞지만, 내용은…

'얼마나 살 수 있냐고? 지금 그걸 묻는 게….'

사람마다 스타일과 개성이 있었다.

그래도 상식선이라는 게 존재했고, 남편이 수술로 회복될 수도 있다는 말을 한다면, 지금의 질문은 잘 못 되었다.

'확실히 살 수 있죠?'

'제가 설득하겠습니다.'

이런 말이 나와야 하는데…

"글쎄요. 저도 그건 사람마다 달라서 장담할 수는 없습니다. 그리고 수술을 거부하면 회복이 힘들다는 이야기지…."

"일단 알았어요. 그리고 이 이야기는 아무에게도 하지 않았죠?"

갑자기 목소리가 냉정해졌다.

조금 전에 걱정이 묻어나왔다고 생각했던 게 착각이었을 정도로.

"네, 사실 사모님께도 말씀드린다는 걸 모를 겁니다. 그러니…."

그때 최수련이 벌떡 일어섰다.

선글라스를 고쳐 쓰고 뒤를 돌며 나오는 목소리.

"고마워요. 그럼 계속 비밀을 유지해주세요."

꽤 차가웠다.

과연 그녀에게 말한 것이 안재현에게 도움이 될 수 있을까?

오히려 불안한 느낌이 드는 이유는 무엇일까?

육인섭은 휑하니 나가는 그녀의 뒷모습을 보면서 의문의 표정을 지었다.

⚜

다음날 이정근의 출근 표정은 과히 좋지 않았다.

어제 끝끝내 성공하지 못했다.

그는 소장실로 들어가서 민호 앞에 섰다.

"어제 일은 잘 안 됐구나."

"네…."

"잘 됐다면, 늦게라도 연락이 왔겠지."

민호의 얼굴에 웃음이 번졌다.

이미 예상했다는 표정이 가득 찼다.

그게 또 얄미워져서 이정근의 반항 끼가 불끈 솟구쳤다.

"안 될 걸 아시면서 보낸 겁니까?"

"뭐… 네 능력을 시험해 본 거지. 그런데 이것밖에 안 되니까, 내가 직접 나설 수밖에."

"아니요. 이번 건… 제가 필사적으로 하겠습니다."

"에이, 무리하지 마. 다른 쉬운 일 줄게."

민호의 자극.

다른 '쉬운'이라는 말을 좀 더 강조하는 걸 보고 오기가 생겼다.

당연히 이정근의 목소리가 커졌다.

"아뇨. 지금 이 어려운 '일!' 이 전 맘에 듭니다. 제가 반드시 성공하겠습니다."

"그래? 그럼 뭐… 어쩔 수 없지. 아, 그러면 연구실 들렀다가 윤 교수님하고 최 박사하고 이야기 좀 하고 가라. 무턱대고 그렇게 가니까 망하지."

"헐… 무턱대고 보낸 건 누군데… 일단 알겠습니다."

표정을 약간 구긴 이정근은 뒤돌아서서 방금 언급된 두 사람을 만나러 가려고 하는데…

"아, 어제 제가 VIP 주차장에서 최수련을 만났어요."

"최수련?"

"네, 성혜 그룹 회장 부인 말이에요."

"잉? 네가 그 여자 얼굴을 어떻게 알아?"

"신문에서 몇 번 봤어요. 어쨌든 최수련이 암 센터 쪽으로 가더라고요. 혹시나 해서 따라가 봤는데… 역시 진료실로 바로 들어가던데요?"

"그래? 검진인가?"

"아…그럴 수도 있겠네요."

이제야 알았다는 듯이 이정근이 고개를 끄덕였다.

그러면서 하는 말이.

"처음에 들어갈 때는 왠지 표정이 안 좋아 보였어요. 그런데…."

"……."

"정말 이상한 건, 나올 때에는 뭔가 환해진 표정이었거든요."

최수련은 스카이 그룹 회장의 딸이다.

이제 재계 순위 20위 든 글로벌의 입장에서 상위권 그룹의 일거수일투족은 꽤 관심 기울여야 할 일이었다.

사소한 일도 보고하고 서로 상의하는 게 습관화되었기에 이정근도 민호에게 어제 있었던 일을 이야기했다.

"그게 소장님 말씀대로 건강검진하고 결과를 들으러 갈 때의 표정과 나올 때의 표정이었네요. 에이. 뭔가 일이 있을 줄 알았는데. 혹시나 최수련이나 안재현이 암에라도 걸린 줄 알고 조사하려고 했죠."

아무 일도 없다는 게 살짝 김샜다는 얼굴로 드디어 나간 이정근.

그런데 남은 민호의 얼굴이 꽤 심각해졌다.

갑자기 머릿속을 휙 지나가는 게 있었다.

무언가 생각나는 게 있어 컴퓨터의 포털사이트를 열고 바로 검색해보았다.

잠시 후 검색결과를 보며 민호의 눈에 놀라움이 스며들었다.

HOLIC : 그의 직장 성공기

208회. 하늘을 봐야 별을 딴다 2

안재현은 그림을 좋아했다.

보는 것도, 그리고 직접 그리는 것도.

철없던 어린 시절 그림을 그리는 화가가 된다고 했다가, 어머니의 거센 반대를 이겨내지 못했다.

어머니는 그에게 말했다.

화가가 되면 '그년'의 아들에게 회사를 빼앗길지도 모른다고.

그게 아니더라도 단 한 푼도 그년에게 돌아가게 해서는 안 된다는 말을 반복해서 하셨다.

그럼에도 불구하고 그는 꿈을 접지는 않았다. 그때도 지금처럼 고집이 셌기 때문이다.

그러나 어머니가 정신병원에 들어가는 날.

그는 화가의 꿈을 접어야 했다.

비록 어머니를 좋아하지는 않았지만, 정신병원에 들어가
야만 했던 그때, 그 상황…

안재현은 어머니의 인생을 자신의 인생에 끼워 넣었다.

그래도 장래 희망의 직업군에서 제외했다는 말이지, 그
림을 그리지 않았다는 의미는 아니었다.

여전히 그는 그림을 취미로 그렸다.

성장하고 나서도 그룹의 회장이 되고 나서도 말이다.

그림을 그릴 때에는 세상의 복잡한 일을 잠시 잊어도 된
다.

그래서 지금도 그의 붓놀림이 화려하게 빛나고 있었다.

전화벨이 울리지 않았다면, 오늘 멋진 작품 하나가 탄생
할 수 있었을지도 모르는 일이다.

고개를 돌려 스마트폰을 확인했다.

최근 신지석이 많은 전화를 하는데, 이번에도 또 그였다
면 받지 않을 생각이었다.

곧 뱀눈이 꿈틀거렸다.

그리고 화면에 뜬 이름을 보며 그는 통화버튼을 눌렀다.

(지금 어디예요?)

전화를 받을 수밖에 없는 사람.

자신에게 전화한 사람은 바로 아내, 최수련이었다.

"회사."

늘 그렇듯이 무미건조한 음성으로 대답했다.

특히, 오랜만에 그녀의 목소리를 듣는 상황이다.

쇼윈도우 부부보다 못한 관계가 그의 입에서 나오는 소리에서 증명되었다.

그런데 그녀의 목소리는 그의 것과는 살짝 달랐다.

뭔가 일부러 걱정해준다고나 할까?

(지금 갈게요.)

"오지 마."

갑자기 온다는 그녀.

안재현은 거부했다.

그녀가 오기를 원하지 않았기 때문이다.

이제 완전히 그녀와 거리를 두고 싶었다.

그러나 그녀는 아닌가 보다.

(지금 출발할게요.)

결국, 방해받았다. 오늘은 정말 좋은 작품이 나올 것 같았는데.

조용히 자리에서 일어서 밖으로 나오는 안재현.

문을 걸어잠그는 것을 잊지 않았다.

그 모습에서 아무도 올 수 없는 혼자만의 공간을 지키려는 의지가 보였다.

예전에 이곳을 비품실로 썼는데, 그가 개조했다.

자신만의 화실이었다. 아무에게도 들키고 싶지 않은.

엘리베이터를 타고 회장실로 가는 길에 거친 비서실에서.

신지석이 눈을 크게 뜨고 조용히 그에게 다가왔다.

"사모님 오셨습니다."

안재현의 눈썹 끝이 올라갔다.

아까 그녀가 말했던, 즉, 지금 출발한다는 말은 거짓이었다.

이미 회장실에 도착해서 전화한 것이리라.

갑자기 그녀가 찾아온 이유를 알 수 있을 것 같았다.

눈빛이 더 차가워졌다.

그리고 회장실의 문을 열며 들어갔을 때.

그녀, 최수련이 자신을 보고 있었다.

눈에는 그렁그렁.

눈물이 흘러내렸다.

"실수했군."

안재현은 속으로 혀를 찼다.

머릿속에 그녀가 여기까지 오게 된 스토리 한 편이 그려졌다.

설마 육인섭 교수가 그녀에게 알릴 거라고는 생각조차 하지 않았다.

둘의 사이가 이혼 일보 직전이라는 걸 육인섭 교수 또한 알고 있었기에.

이미 엎질러진 물이었다.

마침내 그녀를 보며, 여전히 무미건조한데다가 차가운 기운이 그의 음성에서 새어나왔다.

"가짜 눈물은 언제까지 흘릴 거지?"

"여보…."

"됐어, 거기까지. 아… 당신 소원을 들어주려고 언제 한 번 만나려고 했어."

그녀의 소원, 바로 이혼이었다.

몇 년 전에 그녀는 계속 외치곤 했다.

서둘러 이혼해야 한 살이라도 젊을 때 새 남자를 만날 수 있다고.

궁극적으로는 안재현도 동의했다.

그러나 아버지가 돌아가시고 그녀의 태도가 180도로 바뀌었다.

굳이 이혼까지 할 필요 있느냐고.

대신 자유롭게 서로의 인생을 간섭하지 말고 즐기자고.

"이혼이라니요? 그건 절대 안 되죠."

"그래?"

안재현은 비릿한 미소를 지었다.

이렇게 나올 줄 알았다.

그의 죽음 이후 유산 상속자 1번.

당연히 그녀 아니겠는가.

유언장을 남기고 떠난다 해도, 그녀와 법적 정리가 되지 않을 경우 재산이 분배된다.

잘하면 공중분해 수준이 될 가능성도 배제할 수 없었다.

그녀가 아닌, 그녀의 뒤에 버티고 있는, 스카이 그룹 회장은 늙은 하이에나였다.

그래서 대비했다.

"신 실장, 들어와."

내선으로 신지석을 부른 안재현.

신지석은 그 목소리에 바로 들어왔다.

그를 보며 안재현이 턱짓으로 최수련을 가리켰다.

"꺼내서 보여 줘."

"네… 회장님…."

이런 것은 꼭 나를 시켜.

그 표정으로 조용히 주머니에서 봉투를 꺼내 그녀에게 건넸다.

최수련이 회장실로 들어가자마자 주머니에 넣어 놓은 것이었다.

"여기…."

"뭐죠?"

"그…게…."

대답하기 민망한 것이었기에, 봉투를 건네주고 얼른 뒤로 물러섰다.

최수련은 봉투를 뜯었다.

거기서 나오는 여러 장의 사진 중 하나가 떨어졌다.

요즘 주가를 올리는 남자 연예인의 모습과 그녀가 엉켜 있는 모습.

"······."

그녀의 표정이 굳었다.

입술이 부르르 떨렸다.

그러나 안재현은 그녀의 표정을 직시하며 냉정한 목소리를 꺼냈다.

"곱게 물러나야 할 거야. 그렇지 않으면… 개망신당할 거니까."

그녀는 그 말에 반응하지 않았다.

대신…

또각, 또각, 또각.

하이힐 소리를 내며 회장실을 나갔다.

그런 그녀와 엇갈리며 비서실로 들어오는 사람이 바로 민호였다.

둘이 스쳐 지나갈 때.

그는 눈동자만 돌려서 최수련의 얼굴을 확인했다.

그러고 나서 미소를 지으며 자신을 바라보는 사람들을 바라봤다.

비서실의 직원들은 그의 얼굴을 알고 있었다.

특히, 여비서는 눈에 하트를 그리며 인사했는데, 그녀에게 손을 한 번 들어 올리고 자연스럽게 문을 두드리는 모습이란.

마치 제집 드나드는 것 같았다.

이 상황을 통제할 신지석도 마침 안에 들어간 상황이라서

홀릭 99

그가 문을 두드리자 평상시와 같은 목소리가 들려왔다.

"누구야?"

"접니다. 들어가겠습니다."

상대에게 틈도 주지 않고 공격하는 것은 민호의 특징 중 특징이었다.

이번에도 그랬다.

그래서 그가 들어갔을 때, 신지석은 화들짝 놀랐고, 안재현은 눈에 이채가 솟구쳤다.

그것을 보며 민호가 웃었다.

"어쩐 일이지? 연락도 없이?"

"……."

"…라고 말씀하시려 했죠?"

안재현이 할 말까지 가로채서 말하고,

"그냥… 보고 싶어서라면… 안 믿으실 겁니까?"

대답도 알아서 했다.

그러자 바로 안재현도 미소를 지으며 말했다.

"아니… 나야, 그 말을 들으면 기분이 좋지."

"역시, 맘이 통했네요. 그런데 어디 가서 이런 대화 하지는 말죠. 괜히 오해받으니까."

능글능글한 웃음을 지우지 않은 민호.

그가 신지석을 바라봤다.

민호가 몇 가지 알아낸 사실 중 그는 얼마나 알고 있는가.

그게 궁금했다.

그래서 묻는 말.

"신 실장님은 정말 대단하십니다."

"네?"

갑자기 들어와서 칭찬하고 나섰다.

무슨 꿍꿍인가.

자신이 모시는 회장이 민호가 이렇게 활개치도록 놓아두니, 어쩔 수 없지만, 신지석은 그가 썩 맘에 들지는 않았다.

그래서 표정을 굳히고 양 눈썹을 모았는데…

"회장님의 손발이 되어서 모든 걸 처리하신다는 거… 그게 쉽지 않다는 걸 이제야 깨닫고 있습니다. 요즘 우리 회사 부회장님이 일을 동시 다발적으로 벌리는 바람에, 제가 그거 뒷수습하는 게 꽤 힘드네요."

무슨 말이 하고 싶은 것일까?

여전히 자신을 칭찬하려고?

왜? 뜬금없다는 생각이 신지석의 머리를 계속 수놓았다.

하지만 아랑곳하지 않고, 이번에 민호는 어디론가 걸어갔다.

그러고는 잠시 멈추며 이렇게 말했다.

"이 그림도 말입니다. 혹시 제목을 아십니까?"

"루시퍼의 몰락입니다. 장 자크 프랑소아의…"

"그러시군요. 제가 온 게 이것 때문인데, 이 작가의 그림 좀 구매하려고… 어디서 구매하셨는지 잘 몰라서요. 그래서 신 실장님께 묻는 겁니다."

싱거운 질문 하나 하러 여기까지 왔단다.

그런데 문제는 신지석이 그 질문에 대해 대답을 할 수 없다는 것이다.

저 그림은 직접 안재현이 사왔다.

보통 그런 일은 자신에게 맡겼기에, 당시에 꽤 의문스럽기도 했고, 그래서 지금 기억에 남았다.

다른 건 모르지만, 저 그림만은 자신이 처리하지 않았으니까.

어쩔 수 없이 민호의 질문에 모른다는 말을 하려고 했다.

그때.

"그건 내가 사왔다."

안재현이 드디어 나섰다.

그러고 나서…

"신 실장은 잠시 나가 있도록."

"네."

신지석을 밖으로 내보냈다.

뱀눈을 반짝거리면서.

안재현은 지레짐작했다.

어제 육인섭 교수가 자신의 아내뿐 아니라, 재권에게도 털어놨다는 것을.

정말 쓸데없는 짓을 한다고 생각해서인지 속으로 분노가 일어나기 시작했다.

"재권이가 말했나?"

"뭘요? 헐… 설마 재권이 형도 알고 있어요?"

대화는 하고 있지만, 대화의 초점이 불분명한 상황.

민호는 안재현이 현재 그림 이야기를 한다고 착각하는 상황이다.

여기에 들르기 전에 장 자크 프랑소아에 대해서 검색한 그는 뜻밖의 사실을 알아냈다.

그가 실존하기는 하지만, 매우 무명이라는 점이었다.

더군다나 불과 약 2년 전에 나타났고, 그림의 유통도 한국에서만 된다는 점이 꽤 의문스러웠다.

머리 좋은 그가 여기서 추리를 하지 않을 수는 없지 않은가.

그것도 모르고 안재현은 민호에게 이상한 질문을 했다.

재권이가 그림에 대해서 말했느냐고.

잠시 생각해보니 안재현이 질문한 것이 어쩌면 그림이 아니라는 것을 깨달았다.

그리고…

이제 민호의 얼굴에 웃음기가 사라지며, 제법 진지한 목소리로 안재현을 바라봤다.

"정말이었군요. 어디가 얼마나 아프신 거죠?"

"……!"

처음으로 안재현의 눈빛에 당황이 스쳤다.

자신이 민호에게 답을 알려주고 말았다.

만약 민호가 재권에게 자신의 상태를 들었다면, 알만한 상황을 묻고 있으니…

"실수했군."

"네, 실수하셨습니다. 재권이 형님이 저번에 어머님 모시고 병원을 갔다 오기는 했지만, 회장님에 대해서는 일언반구도 하지 않았거든요."

거짓말이 섞인 진실이었다.

이야기를 하긴 했다.

반드시 성혜를 자신의 손으로 잡겠다고.

반드시 안재현을 회장의 자리에서 끌어내겠다고.

왜 그런 말을 했는지 이유를 알려주지는 않았다.

"그렇군… 그래."

"제가 알아낸 사실은 저 그림을 그린 분이 회장님 정도라는 거…"

"……!"

"조금만 생각해보면 알거든요. 저번에 들렀던 별장에서 본 그림들. 저기 걸려 있는 그림과의 유사성. 그리고 장 자크 프랑소아가 한국에서만 활동하고 있다는 점 등."

허술했다. 여기까지는 안재현도 생각하지 못했다.

그는 잠시 등을 돌리며 창가로 다가갔다.

유리창에 두 손을 대며 밖을 쳐다봤다.

정확히는 어두워지는 하늘을 바라봤다.

신기하게도 하늘에서 별똥별이 떨어지고 있었다.

별똥별을 보며 소원을 말하면 이루어진다는데…

저 별을 보며 그가 속으로 무엇을 말했는지는 그만이 알 수 있으리라.

그래도 한때 정략결혼이었지만, 서로 사랑한다고 착각했던…

아내가 한 말을 잠시 생각해 보고 있었을지도 모른다.

그때 최수련은 이렇게 말했다.

– 하늘을 봐야 별을 따지. 오빠, 우리 노력하자.

HOLIC : 그의 직장 성공기

209회. 설득

왜 갑자기 그 말이 떠올랐을까?

이제는 사랑도 미련도 없다고 생각했는데.

한국의 재벌그룹 총수에게 아이가 없다는 사실은 대단히
치명적인 일이었다.

하늘을 봐야 별을 딴다.

후세를 위해 노력하자는 말이었는데…

안재현의 눈빛이 다시 뱀눈으로 변했다.

과거를 감상할 시간은 없었다.

다시 뒤를 돌아본 그는 늘 그렇듯이 압도적인 카리스마
를 뿜냈다.

"너만 안다면, 거기서 멈추어 주기를 바란다."

부탁을 담은 내용이지만, 지시에 가까운 음성이었다.

물론 그 목소리를 듣는 이는 전혀 위축되지 않았다.

"그걸 원하신다면, 그렇게 해드리죠. 그런데 얼마나 안 좋으신 거죠?"

안재현은 그 질문을 하는 민호의 눈빛에서 걱정을 엿봤다.

느낌이 왔다. 어쩌면 민호가 재권에게 이야기할지도 모른다는.

신기한 일이었다.

조금 전 자신을 바라봤던 최수련의 눈빛에서는 욕망이 보였는데.

다시 한 번 안재현의 입술이 열렸다.

"그건…."

말할 수 없다고 말하려고 했다.

정확히는 말하기 싫다고 하려는 순간, 그의 스마트폰이 울렸다.

화면에 표시되는 사람은?

- 최승현.

바로 최수련의 아버지이자 스카이 그룹의 회장이었다.

인상을 구기며 잠시 생각했다.

이 전화를 받는 게 좋을지, 안 받는 게 좋을지.

더구나 앞에는 민호까지 있는 상황.

그럼에도 불구하고 그는 통화버튼을 눌렀다.

무시하기에는 잃을 게 많이 보였다.

(어이구… 우리 사위. 그동안 얼마나 마음고생이 심했을까?)

"……."

귀로는 최승현의 목소리가 들렸지만, 여전히 눈으로는 민호를 주시했다.

그럴 수밖에 없었다.

눈치 빠르게 민호가 자리를 피해준다고 밖으로 나갔기 때문이다.

그래서 그는 입을 열었다.

"어쩐 일이십니까?"

✤

회장실 밖으로 나온 이유는 안재현의 통화를 방해하지 않기 위해서도 있었지만, 주머니에 진동으로 한 자신의 스마트폰이 울려서였기 때문이다.

그래서 민호는 나오자마자 전화를 받았다.

"아, 잠시만요…."

잠시 상대의 말을 지체하게 하고, 그는 자신을 바라보는 신지석과 비서실 사람들의 눈빛을 뒤로하고 비상계단을 찾았다.

예상했던 곳에 있어서 바로 위층, 옥상에서 그는 스마트폰을 귀에 붙였다.

"네, 말씀하십시오."

(에이스 그룹의 존 글렌초어가 한국에 조금 전에 들어왔습니다. 그런데 지금 가고 있는 곳이 방정구 쪽이 아닙니다.)

"그래요? 그럼 호텔인가요?"

(아니요. 스카이 그룹으로 가고 있습니다.)

민호는 다소 의외라는 눈빛으로 정면을 쳐다보았다.

그의 눈에 성혜 그룹보다 약간 높은 스카이 그룹의 본사가 들어왔다.

성혜 그룹 사옥과 거리가 매우 가까운 그곳으로 에이스 그룹의 회장이 간다?

그의 머릿속에 있는 여러 가지 시나리오.

존슨이 방문하면 방정구를 만날 것이다.

그 시나리오에 스카이 그룹은 들어있지 않았다.

뜻밖의 정보에 그는 자신에게 전화한 임동균에게 이렇게 말할 수밖에 없었다.

"이제부터 스카이 그룹도 캐야겠네요."

(알겠습니다. 그럼.)

"아, 잠깐만."

그때 민호가 전화를 끊으려는 임동균을 지연시켰다.

"한 가지 더."

(네, 말씀하십시오.)

"스카이 그룹의 회장 딸이자, 안재현 회장의 부인, 최수련 있죠?"

(네.)

"샅샅이 조사해주세요."

(네? 아, 네. 알겠습니다.)

약간 놀랐지만, 다른 질문하지 않고 임동균이 수화기 너머에서 대답했다.

그 반응을 듣고 바로 전화를 끊은 민호.

다시 한 번 정면에 있는 스카이 그룹을 바라보았다.

국내 재벌 순위 3위.

그 그룹의 회장은 안재현의 장인이었다.

욕심이 많다고 들었다.

갑자기 최승현이 성혜를 노릴 수도 있다고 생각되는 것은 민호의 오버일까?

일단 하나하나 처리해 나가리라고 생각했다.

먼저 안재현의 병이 어떤 것인지, 얼마나 심각한지를 아는 게 우선이었다.

약간 불길한 게, 안재현이 최근에 보여준 것은 죽음을 예고하는 부분이 꽤 많았다.

비록 장 자크 프랑소아라는 유령작가를 만들었지만, 그 그림이 유작이 되면 비싸질 거라고 말한다든지, 재권을 일부러 자극해서 잠재력을 이끌어내려고 시도한다든지…

이제 민호의 눈에 안재현의 지난 행보가 모두 읽혔다.

스카이 그룹을 눈에서 뗀 민호는 비상계단으로 향했다.

안재현의 성격상 아직도 전화를 붙들고 있지는 않을 것 같았다.

지금쯤 괜찮을 거 같아서 밑으로 내려가 봤는데, 역시 전화를 끊고 자리에 앉아있었다.

그는 늘 무슨 생각을 하는지 모르는 표정으로 민호를 보며 이렇게 말했다.

"3기다. 대장암 3기."

"……!"

의학에 대한 전문지식이 없는 민호였다.

그러나 암 3기라면 꽤 위중한 상태라는 걸 알았다.

그래서 물었다.

"급한 거 아닙니까?"

"아직 죽을 때는 안 됐지."

죽음을 입에 올릴 때의 미묘한 표정.

민호는 그것을 놓치지 않았다.

"수술을 안 하시려고 하는군요."

"……."

"왜죠?"

"수술할 때 죽으면 대안이 없으니까."

미묘한 표정의 변화를 갈무리하지 못했다.

병이 깊어지면서 마음도 약해지는가 보다.

그것보다 조금 전에 받았던 멘탈의 타격이 회복되지 않았다.

최승현의 입에서 나온 말은 아무리 강한 멘탈을 가지고 있던 안재현이라도 흔들릴 수밖에 없었으니까.

- 곧 태어날 손주의 아빠인데… 몸 잘 돌봐야지 않겠어?

최수련이 임신했다.

어떻게? 하늘을 보지도 않았으니 당연히 별을 딸 수는 없을 텐데…

"버틸 수 있을 때까지 최대한 버티는 게 내 목표다."

민호의 눈에 이제 적의는 사라지고, 측은함이 묻어나왔다.

안재현은 자존심이 강한 사람.

이 눈빛을 보여주어서는 안 된다고 생각한 그는 다시 그림 쪽으로 향했다.

"명작입니다. 그런데… 제목은 몰락인데, 어째 그림 속에 있는 악마가 부활하려고 하는 거 같아요. 마치…"

"……."

"그린 사람의 욕망을 표현한 것처럼."

✤

다음날 민호는 퇴근쯤 해서 이정근을 호출했다.

"병원 같이 가자."

"네? 어디 아프십니까?"

"아니. 일딘 차 준비해 놔."

고개를 갸웃거리는 이정근에게 더 설명하고 싶지는 않았다.

대신 더는 대장암이라는 사실이 퍼지지 않기를 바란다는 안재현의 부탁을 들어줄지 말지를 고민하느라 잠시 눈을 감았다.

결국, 밖으로 나가는 이정근.

잠시 후 그가 준비되었다며 전화를 했다.

"알았어. 내려갈게."

전화를 끊은 민호는 자리에서 일어섰다.

엘리베이터를 탔을 때, 버튼을 누르는 그의 손이 14층에 살짝 머무른 이유.

재권을 볼 것인가, 말 것인가?

약 1초간의 망설임 끝에, 그는 고개를 좌우로 저으며 1층을 눌렀다.

일단은 뒤로 미룬다.

다만 이렇게 가만히 있을 수는 없었다.

이정근과 함께 한국대학교 병원에 가는 이유가 바로 그것 때문이었다.

물론 영문도 모르고 한국대학교 병원에 도착할 때쯤, 이정근은 볼멘 목소리로 이렇게 말했다.

"그렇게 제가 못 미더우십니까? 한 번 맡겨놓으셨으면

제가 이번 일 처리를 끝까지 하도록 봐주셔야죠."

그는 이번 정신병 치료제 프로젝트를 완수하기 위해서 어제 밤새 논문까지 뒤져봤다.

그러나 민호가 오늘 나서자 살짝 서운했다.

그래서 싸가지 없다는 말을 들을지라도 표현해야 하겠다고 마음을 먹었다.

민호는 그가 이렇게 나오자 바로 부정했다.

"그게 아니라니까."

"거짓말 마십시오. 아⋯ 정말 그래도 절 어느 정도 신뢰하는 줄 알았는데⋯."

이정근의 투덜거림에 고개를 좌우로 젓는 민호.

더는 말하지 않으리라고 생각했다.

때마침 주차장에 도착해서 문을 열고 나겠다.

"어? 어디 가십니까? 정신병동은 이쪽인데."

"내가 거기를 왜 가?"

이정근의 외침에 민호는 뒤도 돌아보지 않고 암센터가 있는 서관을 향했다.

의사는 대단히 바쁜 직업이다.

자신에게 시간을 쉽게 내지 못할 정도로.

그러나 육인섭 교수는 안재현의 대장암 이야기를 했더니 바쁘다는 핑계를 대지 못했다.

들어가서 이야기를 나누어보니 심지어 안재현에 대한 애정이 묻어나왔다.

"내가 그 집안의 주치의를 꽤 오랫동안 했더니… 정이 들었나 봐요. 조카쯤 보는 느낌이라…."

민호는 고개를 끄덕였다.

하얗게 센 머리만큼, 육인섭 교수가 안재현을 알아왔던 시간이 꽤 오래였으리라.

환자와 의사가 나누는 유대감 그 이상이 자리했을 게 분명하다.

"아무튼, 우리 안 회장이 김민호 씨랑 꽤 친한가 봐요. 자기 부인한테 알려줬다고 어제 전화하며 짜증을 냈는데, 어떻게 김민호 씨한테는 알렸네요."

"아… 그러게요."

민호는 웃으며 그의 말을 맞춰주었다.

그러면서 머릿속으로는 안재현의 대장암 사실을 아는 사람 한 명을 추가했다.

바로 최수련이었다.

어제 그녀를 보았을 때, 선글라스 안으로 묻힌 눈동자를 볼 수 없었다.

그러나 그 이외의 표정은 차가움 그 자체였다.

그래서 이 사실을 모를 가능성이 높다고 생각했는데…

'안재현에게 아예 마음이 떠났구나….'

남의 가정사였다.

그렇지만 비즈니스와 관련해서 뭔가 예감이 들었다.

그녀의 뒷조사를 지시한 이유가 바로 그것 때문이었다.

"일단은… 50%의 확률이란 말이죠."

"그렇죠. 확률은 그렇지만, 사실 그 확률이라는 게… 의사로서 이런 말 하기는 좀 뭐한데… 사망률을 딱 정의 내리기는 쉽지가 않아요. 워낙 개인차가 심해서, 그래도 내가! 수술합니다."

이 부분에서 그는 약간 목소리를 높였다.

"위장관을 검색어로 쳐보세요. 제 이름이 연관 검색어로 뜰 정도입니다. 집도를 제가 한다는 건 확률 자체가 달라집니다."

"알겠습니다. 제가 한 번 설득해보겠습니다."

육인섭 교수는 살짝 놀랐다.

거의 백발에 가까운 머리를 쓸어올리면서 민호를 다시 한 번 보았다.

그의 입에서 설득이라는 말이 나오자 왠지 모를 신뢰감이 생겼다.

사실 아까 들어올 때부터 호감이 물씬 풍겼다.

이유를 설명할 수는 없지만, 꼭 고치고 싶은 안재현을 설득할 수 있을 것 같다는 생각이 들었다.

"부탁합니다. 그 녀석 아버지를 제 손으로 보내서… 이번에는 더더욱… 반드시 살리고 싶습니다."

그 말을 듣자 갑자기 옛날 생각이 났다.

2년 전 안판석 회장이 마지막 유언을 하던 날.

신기하게도 옆에서 침통한 표정을 짓고 있던 의사가

바로 육인섭이었다.

민호는 당시 모든 사람의 표정 하나하나를 다 기억했다.

재권을 향한 사람들의 적대적인 눈빛도.

그로 인해 재권이 1차 각성을 한 일도.

그러고 보니 최근에는 2차 각성을 한 것 같았다.

안판석 회장이 하늘로 갔을 때의 표정보다 더 의욕적인 투지가 요즘 보였으니.

'마치 투사가 된 거 같단 말이야…'

육인섭 교수의 집무실을 나오면서 드는 생각.

지난번 안재현의 별장에서 있었던 일이 다시 떠올랐다.

확실히 그건 의도적이었다.

재권을 자극해서 자기와 같은 모습을 만들기를 바라는 안재현.

그렇지만, 이 계획에는 허점이 많았다.

옆에서 보고 있는 민호가 재권을 더 잘 알았기에, 아무래도 손을 쓰지 않을 수가 없었다.

이제 결심했다. 재권에게 어떤 식으로든 알려야 한다.

그래서 이정근이 희희낙락하며 차 문을 열어주는 것도 못 느낀 채 그는 수화기를 들었다.

"형님?"

(어, 민호야. 잠깐… 나 바쁜데….)

역시 바쁘다.

그러나 오늘은 마음 단단히 먹었다.

"아, 그래요? 그럼 이따 시간 좀 내주세요. 오랜만에 제가 닭똥집 삽니다. 포차에서 기다리고 있을게요."

재권이 거절할 수 없는 목소리로 민호는 수화기 너머에 자신의 음성을 보냈다.

홀릭

HOLIC : 그의 직장 성공기

210회. 형제 1

　제법 진지한 목소리로 말한 민호.

　재권도 뭔가 중요한 일이 있다고 생각했는지 수화기 너

머에서 긍정의 답변을 주었다.

　(그래, 알았어. 미안, 끊을게.)

　그래도 목소리에는 조급함이 담겨 있었다.

　무언가 처리할 일이 꽤 많은 것처럼 말이다.

　요즘 거의 이런 식이었다.

　눈코 뜰 새가 없다는 말이 재권에게 어울릴 정도로 일에

파묻혀 살았다.

　그걸 또 방해할 수 없는 게, 이게 재권의 전성기라고 부

를 수 있을 정도로 꽤 높은 성과를 거두었다.

잘하면 박상민 회장의 후계자 수업이라는 절묘한 수가 '대박' 수준으로 성공을 거둘 수도 있다고 생각될 정도로.

그때 그의 생각을 방해하는 이정근의 한 마디.

"집에 나래가 기다리고 있는데, 또 술입니까?"

"무슨 또 술이야? 내가 언제 그렇게 자주 먹었다고."

"그런가요? 어쨌든 집 말고 포장마차로 모셔다 드려요?"

"응."

"오케바리! 고고고. 하하하."

기분 좋게 대답하는 이정근.

이제야 그의 표정을 보며 민호도 물었다.

"아… 맞다. 표정 보니까 잘 되었나 본데?"

드디어 정신병 치료제에 대한 확답을 얻은 것 같았다.

이게 대단히 중요한 게, 이미 한국대학교에서 1상과 2상 실험을 했는데, 이번에 글로벌 연구소에서 개발한 정신병 치료제를 접목하면 좀 더 출시가 빨라질 수도 있었다.

당연히 민호의 관심이 쏠릴 수밖에.

"하하하. 당연하죠. 제가 누굽니까, 제가? 바로 이정근 아닙니까?"

신이 나는지 이정근의 목소리가 커졌다.

민호는 살며시 웃으며 이렇게 말했다.

"네가 잘해낼 줄 알았다."

"잉?"

"왜? 칭찬해줘도 반응이 안 좋네."

"그게 아니라… 좀 싱거… 에이, 됐어요. 재미없다. 자, 갑니다."

드디어 출발하는 차.

그리고 미소 짓는 민호.

그러다가 창밖을 보며 표정을 굳혔다.

남의 가정사에는 끼어들지 않겠다고 다짐했는데…

어쩌면 오늘 그는 형제의 애증을 역전시키는 역할을 할 수도 있다고 생각했다.

⚜

같은 시간.

방정구는 과천에 있는 호텔로 들어왔다.

요즘 여러 가지 정보 중, 가장 핫한 것에 대해 생각을 정리하기 위해서였다.

특실 창문 가에서 과천을 바라보면 문득 다음 계획이 많이 떠오른다.

이번에 존슨에게 부탁한 것도 마찬가지.

그에게 한국으로 건너와서 50조 원을 같이 먹자고 말했다.

미군 부대 이전 사업 비용, 50조.

사실 국방비의 특성상 50조는 60조, 70조로 불어날 가능성도 있었다.

홀릭
[그의 직장 상욕기] 121

이걸 혼자 먹을 수 있었다면 더 좋았겠지만, 미군 부대에 압력을 넣을 수 있는 사람은 존슨이며, 사업권은 스카이 그룹에 있었다.

다행히 뭔가 문제가 생겨서 자신이 비집고 들어갈 틈이 보였다.

그래서 추진한 것이다. 존슨을 불러들이는 일을.

– 뚜르르르르.

호랑이도 제 생각하면 나타난다더니, 존슨이 그에게 전화했다.

"네, 아버지."

(그래, 네가 말한 대로 했다. 언제쯤 시간이 나니? 한 번 보고 가야지.)

"아, 죄송해요. 제가 요즘 너무 바빠서요. 다시 연락 드릴게요."

(그래? 그럼… 그렇게 하자.)

전화를 끊은 방정구.

좀 더 여유 있게 존슨을 만나는 게 좋을 거라는 생각을 했다.

상대를 애타게 해야 뱉어내는 게 더 많을 테니까.

그의 목표는 게르트와 존슨 사이에서 균형을 이루며, 양쪽으로부터 최대한 많은 걸 얻어내는 것이다.

일단 게르트는 지난번 성혜 백화점에 실탄 지원을 해주었다.

비록 실패했지만, 자신을 끌어드리려는 움직임 자체에
높은 점수를 줄만했다.

이번에는 존슨 차례.

둥지를 떠나는 새로 만들지 않기 위해서 몸이 달아있는
게 강하게 느껴졌다.

그럴 수밖에 없었다.

방정구는 캐스팅 보트였다. 그가 둘 중 어느 편을 드는지
에 따라서 승부가 결정된다.

두 거인이 자신에게 비위를 맞추려고 움직이는 모습이
만족에 만족을 더 했다.

이제 또 다른 한 명.

자신의 비위를 맞춰야 하는 사람에게 그는 전화를 걸었
다.

그게 바로.

(어이구, 방 부사장 아닌가?)

"네, 회장님."

최승현 스카이 그룹 회장이었다.

✤

3월 중순의 밤은 살짝 춥다.

대신 포장마차에서 소주 한잔으로 몸을 녹이기는 꽤 괜
찮은 날씨였다.

오늘은 민호가 재권을 기다리며 벌써 두 잔이나 마셨다.

주량이 많지 않은 그가 나중에 페이스 조절을 하지 않는다면, 먼저 취할 수도 있었다.

다행히 석 잔을 마시기 전에 재권이 들어왔다.

얼굴에도 '나 바쁨.'이라고 쓰여 있는 그는 자리에 앉아서 그에게 말했다.

"무슨 일이야?"

민호는 시선을 돌려 재권의 얼굴을 바라봤다.

"아이고, 우리 형님. 오시자마자 용건부터 알려고 하시네. 이제 워크홀릭의 길로 가는 겁니까?"

"뭐야~. 그래서 반갑냐? 내가 너처럼 되는 게."

"아뇨. 절대. 아무리 그래도 '가족'이 최고죠. 부모·자식과 아내, 그리고 형제자매!"

마지막 단어에서 민호는 힘을 주었다.

그러고 나서 재권의 눈을 들여다보았다.

역시나 살짝 흔들리고 있었다.

"할 말이 있어서 불렀구나."

결국, 무언가 눈치채며 입에서 내뱉었다.

그러자 민호가 다시 시선을 돌렸다.

거기에는 방금 재료 때문에 나갔다가 들어오는 포장마차 주인이 있었다.

"캬하… 눈치가 빠르시네요. 일단… 이모! 여기 소주잔이요. 아니, 사람이 왔는데 뭐 하십니까?"

"얼씨구, 방금 들어온 사람 재촉하네. 알았어, 알았다고."

맘씨 좋은 아줌마는 툴툴거리면서도 얼굴에는 한껏 미소를 지으며 소주잔을 넘겨주었다.

그걸 받고서는 쪼르르륵…

재권의 잔을 채우고 나서 민호가 건배를 제안했다.

"자, 일단 한 잔 마시고."

술은 윤활유다. 더구나 심각한 이야기를 누그러트릴 수 있다.

화끈하게 목을 타고 넘어가던 액체가 가슴을 지나 위에 머무르는 게 느껴질 때.

민호의 얼굴에 제법 진지한 표정이 묻어나왔다.

"형님이랑 저랑 예전에 시애틀 갔다 와서 하던 이야기 기억나요?"

"어떤 거."

"그때 제가 그랬잖아요. 제가 제힘으로 회사를 1위 하게 만들면, 어떻게 하시겠는지… 그러니까 형님이 말씀하셨죠. 저에게 대표를 넘기겠다고."

"그랬지."

"사실 제 자랑은 아니지만, 글로벌 무역상사 현재 빅 쓰리 중 하나입니다. 곧 있으면… 1위 해요. 글로벌 건설도 1위까지 가는 길이 시간문제고, 마트와 제약은 각각 지점 수와 약의 종수가 적어서 그렇지 그 분야에서 1위잖아요.

거기다가 식품 쪽으로 가보면…."

여기까지 들으면서 재권의 표정에 미소가 깔렸다.

갑자기 이런 이야기를 늘어놓는 이유가 뭘까?

다른 건 모르겠지만, 마지막에 민호가 할 말은 알 것 같았다.

그것은…

"이렇게 성장하게 된 원동력. 제가 제 입으로 말하기 좀 그렇지만…."

"다 네 덕이지."

재권이 웃으며 민호를 추켜세워주었다.

어쨌든 그건 사실이니까.

그런데 표정을 풀지 않은 채 민호는 말을 이어갔다.

"그럼… 형님이 하신 말씀 지키실 수 있어요?"

"응?"

"저에게 그때 그러셨잖아요. 대표하라고. 만약 회장님이 물러나시고, 그 자리를 저한테 양보하라고 말하면… 그거 줄 수 있는지 물어보는 겁니다."

재권의 표정도 굳어가는 게 보였다.

그러더니 손을 뻗어 소주 한 잔을 더 들이켰다.

목으로 넘기는 모습이 눈에 들어왔다.

민호도 같이 한잔 먹을까 하다가 잠시 쉬어가자고 생각했다.

그때 재권의 목소리가 들려왔다.

"나를 시험하는 건지는 모르겠지만… 난 누구와는 달라. 수단과 방법을 가리지 않고 목적을 위해서 별짓 다 하는 인간과는 달리, 내가 한 말은 지켜."

"그렇군요."

"그러니까 걱정하지 마. 네가 그 자리에 앉을 자격이 있다고 생각되면… 언제든지 난 너에게 넘긴다."

눈빛을 보니 진심이었다.

그렇다면 아직…

"아이고… 참… 순수하십니다. 때 묻지 않으셔서, 정말 잘 속으시네요."

"……."

"에이, 모르겠다. 그냥 털어놓으렵니다. 글로벌 대표 저, 주시고 성혜로 가서 회장 하십시오. 이렇게 말하려고 했는데…"

"그게 무슨…."

"안재현 회장이 아픈 거 같습니다. 꽤 심하게."

"……!"

감정을 잘 숨기지 못하는 남자, 재권.

그의 눈빛이 살짝 흔들리기 시작했다.

"정확히 말하면 암입니다. 돌아가신 안판석 회장님하고 같은… 대장암이요."

귀에 천둥이 치는 소리가 들리는 것 같았다.

사람의 성격은 쉽게 바뀌지 않는다.

바뀌었다고 생각하지만, 가슴 속 안에 깊이 숨겨놓은 경우가 더 많다.

그 사실을 민호는 잘 알고 있었다.

재권은 선하고 여렸다. 사업하는 사람이 갖추지 말아야 할 미덕이 바로 그 성격이었는데, 처음에 민호는 그걸 꾹꾹 눌러 담게 했다.

그리고 시간이 지나 안판석 회장이 고인이 되었을 때, 바뀌었다고 생각한 성격은 회사 생활을 하면서 예전 성격과 섞였다.

지나고 보니 그때가 가장 좋았다.

얼마 전까지는 분명히 오버페이스였으니까.

그렇게 되어서 폭주하면, 재권도 글로벌도 위기를 맞을 수 있었다.

실제로 어떤 사업 프로젝트에는 과잉 투자가 이루어진 경우도 발생했다.

즉, 안재현이 재권의 잠재된 성격을 건드려서 능력을 격발시키려는 계획은 절반만 성공한 셈이었다.

그게 지금 민호의 입에서 흘러나왔다.

"나를… 키워서, 회장으로 만들기를 원했다고? 성혜 그룹의?"

하루가 지나 좀 더 맨정신으로 민호와 대화를 시도한 재권은 어제 포장마차에서 보았던 그 표정으로 다시 돌아왔다.

"제 추측입니다. 안 회장님이 아닌 한 그 속마음은 알 수 없죠. 그런데 결론을 만들어놓고 그동안 있었던 일을 살펴보면… 짐작은 가능합니다."

민호의 이야기를 듣고 재권은 고개를 끄덕였다.

지금까지 민호가 추리한 것을 머릿속으로 정리하면서.

결국, 안재현의 궁극적 질문은 자신의 사후(死後), 성혜그룹의 차기 회장이 누가 될 것인가? 였고, 그 대답을 재권에게 찾은 것 같았다.

"왜 재열이 형님은 생각하지 않았을까?"

"그분도 마찬가지로… 후세가 없습니다."

사실 그것만이 문제가 아니었다.

능력도 부족했다. 아주 상당히.

그러나 민호는 그것을 언급하지는 않았다.

"아, 그렇지… 그럼 나를 염두에 두었을 때는 유정이가 임신하고 나서였을 가능성이 높구나."

"그건 또 아닌 거 같은 게…."

민호는 그 말을 부정했다. 사실 부정하고 싶었다.

예전에 재권과 이야기를 나눈 적이 떠올랐다.

안재현은 늘 글로벌을 자극했지만, 결정적인 순간에 압도적인 물량으로 압박한 것은 아니었다는 대화.

어제 그 포장마차에서 언젠가 나누었었는데, 그렇다면 꽤 오래전부터 자신의 병을 알고 있었단 말인가.

이 답은 정말 풀기 어렵다고 생각한 민호.

한숨을 내쉬면서 대답했다.

"하아, 모르겠습니다. 여하튼 중요한 것은 안 회장님이 자기 죽음 이후를 생각한다는 건데…, 어제 육인섭 교수님 말씀을 들으면 수술하면 살 수 있는 확률이 꽤 높다고 합니다."

그 말을 듣고 재권은 몸을 일으켰다.

민호는 그가 어디를 갈지 대충 짐작했다.

자신에게 이야기를 듣는 것보다 육인섭 교수에게 직접 말을 듣는 게 더 확실할 것이다.

그 생각이 눈에 보였고, 그는 이렇게 말하며 자신의 사무실을 빠져나갔다.

"나중에 더 이야기하자."

그의 뒷모습에서 조급함이 눈에 확 들어왔다.

HOLIC : 그의 직장 성공기

211회. 형제 2

　원래 오지랖 넓은 성격은 아닌데, 어쩌다 보니 안재현과 재권 형제의 일에 깊숙이 개입해버렸다.

　재권이 나간 문을 보며, 어이없다는 듯이 웃는 민호.

　이제 좀 여유를 가지기 위해서 손에 깍지를 끼고, 몸을 한껏 뒤로 제쳤다.

　그런데 그의 여유는 오래가지 못했다. 재권이 나가자마자 지금까지 기다렸는지, 임동균이 들어왔던 것이다.

　그는 살짝 흥분된 상태였다.

　"어제 말씀하신 거 말입니다."

　"네? 아. 스카이 그룹이요."

　"아뇨, 아뇨. 그건 좀 더 시간이 필요할 것 같습니다.

계속 미스터리인 게 에이스 그룹 회장이 아직 방정구를 만나지 않고 있고, 오늘은 또 평택으로 내려가고 있답니다."

"아, 그래요?"

평택으로 움직이는 에이스 그룹 회장이라.

종잡을 수가 없었다.

그때 그의 머릿속에 한 가지 떠오르는 게 있었다.

"그쪽에 미군 기지 이전사업이 추진되고 있잖아요."

"그… 그렇죠."

"이전사업의 주축이 혹시 스카이 그룹 아닌가요?"

"……!"

가만히 앉아서 세상을 내려다본다는 말.

민호를 두고 하는 말 같았다.

해킹하고 정보를 수집하는 자신보다 더 나았다.

그는 머리를 긁으며 뒤돌아서며 말했다.

"젠장, 바로 조사하겠습니다."

"아, 잠깐. 그 말씀 하러 오신 게 아니라면서요."

"크, 이런 정신. 맞아요, 형님. 드릴 말씀이 이게 아니었어요. 최수련, 최수련이요."

최수련은 안재현의 아내이자, 스카이 그룹 회장의 딸이었다.

어제 민호는 그녀에 대해서도 조사해달라고 임동균에게 부탁했었다.

한 개인을 조사하는 게 시간이 덜 걸렸나 보다.

"사실 최수련이 아니라, 우리가 연예인 찌라시 전문이지 않습니까? 그래서 알고 있는 내용 하나가 있었는데…."

그는 민호의 눈치를 보면서 살짝 말을 멈추었다.

원래 말을 이런 식으로 끊지 않고 하는 버릇이 있기도 했지만, 민호가 연예인의 뒷조사를 캐고 다니는 걸 매우 싫어했기 때문에 이번에는 그 여백이 더 길었다.

회식 때마다 좋은 말로 자신들에게 그런 거 그만하라고 했었는데…

"괜찮습니다. 말씀해 보세요."

일의 경중을 따져서 알 필요는 있다고 생각했는지, 기회를 열어주었다.

임동균이 웃으며 말을 이었다.

"그 최수련이요. 유명한 영화배우 하나랑 깊은 관계입니다. 심지어…."

"……."

"얼마 전에 비밀리에 산부인과에 갔는데, 어제 알아보니 임신이라고…."

"……!"

갑자기 화가 나는 이유는 무엇일까?

알게 모르게 안재현과 미운 정이 들었는지, 남의 일 같지가 않았다.

"일단 계속 조사해주시고, 평택 미군기지 사업과 스카이 그룹, 스카이 그룹과 존슨의 밀약 등등. 조사하실 게 많으면 강성희 과장과 권순빈 대리를 동원해서라도 꼭 살펴주세요."

"네, 형님."

이번에 경제 연구소의 구성원들은 대부분 승진했다.

찌라시 공장 출신의 강성희와 권순빈도 마찬가지.

각각 과장과 대리를 달았다.

임동균 역시 대리로 승진하며, 동기부여가 잔뜩 고무된 상태였다.

힘차게 대답하는 그를 보며 민호가 미소를 지으며 말했다.

"필요한 거 있으면 언제든지 말씀해주시고요."

"네, 형님."

✣

경제 연구소의 구성원도 이제 적지 않았다.

소장인 민호를 중심으로, 부장에는 구인기가 자리 잡았다.

그 밑에 차장, 강태학과 차원목, 그리고 역시 이번에 승진한 김아영, 강성희 과장이 중간 역할을 잘해주고 있었다.

이제 경제 연구소에 구성원이 된다는 것은 특급 승진을 보장하기도 했다.

조정환과 송연아가 1년 6개월 만에 대리로 승진했다.

빠른 승진이다. 그들의 동기가 아직 사원인 것을 감안하면.

그런데 더 놀라운 점은 이정근이 1년 만에 승진했다는 것이다.

그럼에도 불구하고 그는 늘 갈망했다.

민호의 기록을 깨는 게 목표였고, 이번에 한국 대학교와의 업무 제휴를 들고 당당히 자기 성과를 내세우듯이 목을 꼿꼿이 세우고 다녔다.

"목 꺾어지겠다, 인마. 아주 그냥 우연히 한 번 한 걸로 너무 잘난 체한다."

구인기는 고개를 저으며 혀를 찼다.

그러자 이정근이 발끈했다.

"우연히요? 제가 이거 하려고 얼마나 공부한 줄 아세요? 온갖 정신병에 대한 논문을 다 뒤져봤고….."

"됐어, 됐어. 니 똥 굵다."

"으이씨."

"어쭈? 너 많이 컸다. 자꾸 그러다가…."

"자꾸 그러다가 구 부장님 위로 언젠가 갈 수도 있죠. 누구처럼."

"……."

여기서 잠시 기세를 접는 구인기였다.

이정근이 말한 사람이 지금 소장실에 있는 김민호를 가리킨다는 걸 알고 있었다.

생각해보니 민호는 승진에 있어서 입지전적인 인물이었다.

이제 서른 살.

회사에서는 그가 언젠가 계열사 대표가 되리라고 예상하는 사람이 한둘이 아니었다.

전무후무!

민호를 보면 그 단어가 떠올랐다.

그렇지만 이정근 역시 만만치 않았다.

평범한(?) 구인기는 몸소 괴물을 보았기에, 이정근 역시 비슷한 행보를 보일지도 모른다는 생각에 살짝 시선을 피했다.

다행히 그를 구원해주는 사람이 바로 민호였다.

소장실에서 나와서 구인기를 불렀다.

"잠시 저 좀 뵐게요."

"아, 네. 곧 가겠습니다."

그는 재빨리 소장실로 들어갔다.

그러자 민호가 부드러운 목소리로 그에게 말했다.

"이번에 미국 지사에 결원이 생겼어요. 혹시 생각 있으신지, 여쭤보려고 불렀습니다."

"아니요. 괜찮습니다."

물어보자마자 나온 대답이었다.

뜻밖이라고 생각한 민호.

그는 구인기가 미국행을 선택할 줄 알았다.

지난번 미국에 갔다 온 이후로 재결합한다는 말을 몇 번 했었기 때문이다.

그런 민호의 눈빛을 보며 구인기가 슬쩍 웃었다.

"이제 안 가도 됩니다."

"……."

"기러기 졸업했거든요. 일부러 배려하실 필요 없어요. 하하하."

이제야 민호도 그가 무슨 말을 하는지 깨달았다.

"축하합니다. 드디어 돌싱 졸업이군요."

"부끄럽습니다. 이번 여름부터 들어온다고 해서…."

"잘 되었네요. 그럼 굳이 다시 기러기 할 필요는 없죠. 재결합하는 김에 이번에는 백년해로하세요."

"알겠습니다."

구인기는 민호가 많이 성장했다고 생각했다.

능력이 아니라 부하를 다루는 기술적인 부분에서.

예전에는 개인주의적인 성향이 꽤 강했다.

"정말 자리가 사람을 만드는 거 같습니다."

"네?"

"소장님이요. 부하들 하나하나에 신경 쓰고 있으니 말입니다. 저번에 강태학 과장 결혼식 때에도 부조를 많이 하셨다면서요."

"그건… 아, 맞다. 그럼 구 부장님, 미국 말고 미군 부대 쪽 일 좀 부탁해야 할 거 같아요."

은근히 말을 돌리는 민호.

그 역시 정면에서 받는 칭찬은 이제 쑥스러웠다.

"미군 부대 일이요? 그게 뭐죠?"

"평택 미군 기지 이전 사업이요. 지난번 입찰 과정에서 약간 문제가 생겨서 재입찰할지도 모른다고 합니다. 건설이 주가 된 사업비용이 50조 원이 넘는데… 당연히 이거 우리가 먹어야죠."

'우리가 먹어야죠.' 라는 말을 할 때에는 방금 쑥스러워했던 표정은 없어지고 자신감으로 충만했다.

"아… 그럼 제가 뭘 하면 됩니까?"

"일단 직접 현장을 가시는 게 좋을 거 같아요. 의외로 이런 일에 그 지역 사람들이 아는 경우가 많거든요. 주변 탐문해서 혹시 지난번 스카이 그룹에서 입찰받은 부분이 뭔가 문제가 있었는지 알아봐 주세요."

"알겠습니다. 최선을 다하겠습니다."

원래 이런 일은 찌라시 공장 출신들이 잘한다.

하지만 미군 부대라는 점이 꽤 민감했다.

잘못하면 오히려 큰 문제가 생긴다.

의욕적인 것은 좋지만, 괜히 그들을 범죄자 만들고 싶지 않아서 이번에는 정공법을 선택했다.

사람과 어울리는 걸 잘하는 능력. 그것을 갖춘 구인기 부장이 최적임자라는 걸 본능적으로 깨달은 민호였다.

그의 눈이 정확했다.

며칠 후 구인기 과장은 어떻게 알아냈는지, 스카이 그룹에서 뇌물 문제로 골머리를 앓고 있다는 소식을 가지고 왔다.

"정확한 건 아닙니다. 사실 이것도 그쪽 근처에 있는 상가에서 알아낸 겁니다. 나이 드신 분이 많았는데, 막걸리 좀 돌리자 따끈따끈한 소문들을 하나씩 뽑아내셨죠."

"그랬군요."

"그런데 이상하게 소문의 근원을 추적하다 보면, 그 지역 사람들이 쉬쉬하는 부분이 있습니다. 특히 근처 미군들이 지내는 유흥가에서 그 쉬쉬하는 부분을 계속 캐물었더니 나온 이야기들이었습니다."

일단 여기까지 알아온 것만 해도 정말 많은 노력을 기울인 것이나 다름없었다.

원래 구인기는 영업부 쪽에 있었는데, 나름대로 능력을 인정받아서 창조 영업부, 유통 본부, 지금은 경제 연구소까지 밟아왔다.

그게 반짝 능력이 아닌, 축적된 노하우와 경험을 바탕으로 하는 것이기 때문에 신뢰지수가 높을 수밖에 없었다.

소문은 소문일 뿐이지만, 그걸로 할 수 있는 건 많다고 생각했다.

그 첫 번째가 그 소문을 바탕으로 가설을 세우는 일이었다.

재권에게 찾아가 자신이 세운 가설을 이야기하는 민호.

"첫째, 스카이 그룹에서 뇌물 수수를 미군 내 검찰 쪽이 알아낸 게 분명하고, 두 번째로 그걸 막기 위해서 에이스 그룹의 존슨과 밀약을 한 것 같습니다."

"그래?"

재권은 민호가 하는 말을 흘려듣는 것 같았다.

요즘 그는 제2의 혼란기가 왔다.

유정이의 배는 불러와서 아빠의 역할에 대한 준비가 잘 되어 있는지에 대한 의문.

그동안 안재현이 자신에게 온갖 나쁜 짓을 한 게 계획적이었다는 걸 알았을 때 찾아오는 허탈함.

거기다가 안재현이 대장암 3기였다.

이게 핏줄인가?

어떻게 해서라도 그를 죽게 하고 싶지는 않았다.

여기다 대고 민호가 말을 하니 대충 듣는 수밖에 없었다.

그러나 민호의 다음 말을 듣고 정신이 번쩍 들었다.

"이걸로 성혜 그룹 회장한테 가시면 됩니다."

"응? 뭐라고 했어? 그걸 가지고 형한테 가라니?"

"스카이 그룹의 회장이 누군지 아시죠? 바로 안재현 회장의 장인어른입니다. 경제연구소에서 그동안 조사해봤는데, 방정구랑 자주 만났습니다. 그 이후 존슨이 왔고…"

"흠…"

이제야 민호의 말이 들려왔다.

방정구는 성혜 그룹의 적이었다.

물론 글로벌의 적이기도 했다.

거기다가 민호에게 들은 바로는 방정구는 존슨의 양자라고 했다.

어쩌면 방정구가 존슨에게 부탁해서 50조 원짜리 미군 기지 이전 사업에 압력을 넣은 것일지도 모른다.

이게 중요한 게 스카이 그룹의 회장, 최승현이 바로 안재현의 장인이라는 점이다.

즉, 안재현이 죽는다면, 경영 일선에 1차 상속인인 부인이 나설 수 있고, 더 큰 그림을 그리면…

"스카이 그룹이 성혜를 노리고 있구나. 방정구랑 같이."

민호는 고개를 끄덕였다.

다행히 자신이 한 말을 재권이 알아들었다.

"형님이 성혜 그룹에 이걸 들고 가서 말씀하세요. 같이 막자고. 그럼 받아들일 겁니다."

과연 그럴까?

가능성이 있었다.

그런데 민호가 가면 더 확실히 받아들일 일을 재권에게 가보라고 했다.

그 이유를 재권은 잘 알고 있었다.

설득. 안재현을 수술받게 하라는 것.

비록 민호가 말재주가 더 있을지언정, 안재현을 수술받게 하고 싶은 마음은 민호보다 재권이 더 강하다.

지난번 민호가 안재현을 찾아갔을 때, 설득할 수 없다는 걸 깨달았다.

재권은 가능하다. 왜냐하면, 그에게는 무기가 있으니까.

그건 바로…

212회. 형제 3

그날 오후, 성혜 그룹의 회장실.

안재현은 서둘러 회장실에 왔다.

요즘 들어 그림을 그리다가 중단되는 일이 너무 잦아서 분노가 치밀었다.

지금도 마찬가지다.

앉아서 심각한 표정을 지은 이유는 바로 재권 때문이다.

회사 내 그만의 공간에서 재권의 전화가 왔을 때, 그는 직감했다.

민호가 그에게 이야기했다는 것을.

재권에게 아무 말 하지 않기를 바랐지만, 그건 욕심이었다.

안재현은 자신의 막냇동생을 잘 안다고 생각했다.

분명히 충격을 받았으리라. 애써 강하게 자극해왔는데, 그게 다 무산될 지경에 처했다.

다시 약해질 그를 생각하니 갑자기 짜증이 솟구쳤다.

그때 문이 열리고 들어오는 신지석.

"글로벌 그룹의 부회장이…."

"들어오라고 해!"

뱀의 눈에서 나오는 차가운 목소리.

밖에서 그것을 들었는지 재권이 바로 들어왔다.

여유 있게 들어와서 턱을 들며 신지석을 바라보는 그의 눈빛.

여기 있을 건지. 그걸 묻는 게 틀림없었다.

약간 주객이 전도 된 느낌이었다.

하지만 어쩔 수 없었다.

신지석이 그를 이겨먹을 수는 없지 않은가.

안재현을 향해 시선을 돌리자 그 역시 눈빛에 축객령을 가득 품었다.

그래서 하는 말.

"그럼 전…."

바로 고개를 숙이자 손을 휘휘 젓는 안재현.

시선을 돌려 동생을 보는 그의 눈빛에 이채가 새겨졌다.

생각외로 재권은 꽤 침착했다.

눈물을 흘리거나 다짜고짜 와서 자신에게 물을 줄 알았다.

왜 그랬느냐고? 죽을 생각이었느냐고?

돌아가신 그들의 아버지를 팔며 떼쓸 모습까지 생각했었는데…

완전히 예측을 벗어났다.

들어와서 그가 하는 말이 가관이었으니까.

"성혜 그룹 회장 하기가 그렇게 싫으셨습니까?"

피식.

안재현은 웃었다.

민호의 말투였다.

그의 곁에 있어서 많은 것을 보고 익혔는가.

나쁘지 않았다. 그것이 바로 안재현이 좋아하는 민호의 성격이었으니까.

때로는 버릇없이 보이기는 했지만, 당당하게 할 말 다하는 것.

그 거침없는 태도에 사실 반했다.

재권의 입에서 나오는 그 말투가 바로 그 판박이었다.

어느새 자신의 막냇동생은 이렇게 성장해 버렸는가.

맘에 들어서 자신도 모르게 이렇게 말을 내뱉었다.

"아니… 할 수 있으면, 천년만년 하고 싶었지."

"그렇군요. 그런데 어쩌나… 이제 그게 안 될 거 같습니다."

"그러게…."

애매모호한 말을 던지는 재권이었다.

이제는 의문이 살짝 들었다.

민호에게 들었다는 건 확실한데, 어디까지, 얼마나 깊이 들었는지 잘 모르겠다.

어차피 가만히 있는 건 안재현의 성미가 아니었다.

"어디까지 들었지?"

"전부요."

"그러니까. 전부 어디까지."

"대장암 3기. 3기도 A, B, C로 나뉜다면서요? A라고 들었어요. B까지는 수술확률이 높지만, C에 가서는 장담할 수 없다는 이야기도."

그런데 이렇게 태연하단 말인가.

안재현은 웃었다. 기분이 좋을 수밖에 없었다.

결국, 성공했다. 아니 인정하기 싫지만, 어렸을 때 보던 아버지의 모습이 재권의 얼굴 한 편에 자리했다.

손에 깍지를 쥐고 팔꿈치를 책상 위에 댄 채 그 웃는 입에서 나오는 내용.

"자리는 그냥 줄 수 없다. 네 힘으로 빼앗아 가봐."

"뭐하러 그럽니까? 글로벌 키우면 되는데… 성혜보다 더 높이 올라갈 수 있습니다."

"……!"

어째 이야기가 이상하게 돌아갔다.

안 된다. 이건 안재현이 원한 게 아니었다.

잠시 머리에서 계산할 시간이 필요했다.

"너! 왜 온 거지?"

"반쪽이지만, 피를 나누긴 했으니까요. 입원하실 것도 아니고… 그냥 위문차 온 거죠. 나중에 장례식 때 후회가 남진 않겠네요."

한 마디, 한 마디가 가시 돋친 말이었다.

그동안 안재현이 상처를 준 이상으로.

최근 멘탈이 약간 흔들린 성혜 그룹의 회장.

사실 그럴 만도 했다.

암에 대한 트라우마가 있는 상태에서, 아버지를 보낸 똑같은 그 암에 걸렸다.

거기다 후세가 없는 상황에서 안재열은 무능력했다.

눈을 돌려 여동생인 안하나와 그 남편까지 봤지만, 그들 역시 오십보백보.

마지막으로 아내의 부정, 그로 인한 임신.

정신적으로 버티고 있는 게 기적에 가까웠다.

그런 상태에서 예전에 착해빠졌던 막내에게 듣는 거침없는 입담.

이쯤이면 무너질만한데…

"그렇게 시켰니?"

안재현의 입술 끝이 올라갔다.

그러고 나서 계속 말이 이어졌다.

"민호가 여기에 올 때, 그렇게 나를 자극하라고 시킨 거야? 그럼 표정 연습도 하고 왔어야지. 아니, 선글라스를 꼈어야지. 가서 거울 봐라. 네 눈에 뭐가 고이는지."

그 말을 듣고 바로 시선을 돌린 재권.

오면서 민호와 통화했고, 어떻게 안재현을 요리해야 하는지 다 듣고 왔건만…

"실패했군요."

"응. 하지만…."

"……."

하지만 뭐? 그 말에 이어서 무슨 말이라도 해보세요!

그렇게 말하고 싶었지만, 참았다.

잘못하면 울먹이는 소리를 계속 낼 것 같았다.

일단 입을 닫고 다음 말을 기다렸다.

그러나 더 이상 안재현의 입은 열리지 않았다.

동생의 시선을 느끼고, 안재현은 의자를 돌리며 유리창 밖을 쳐다보았다.

그 역시 재권의 눈물 흘리는 모습을 보며 가슴이 약해지는 걸 느꼈다.

옛날 생각이 났다.

재권의 어머니를 무척이나 미워했던 과거, 희한하게 재권은 미워할 수 없었다.

겉으로는 차갑게 굴었지만, 다른 동생들에게는 말했다.

재권을 괴롭힐 시간에 더 공부하라고.

그때가 갑자기 머릿속에 떠오르는 이유는 정말 모르겠다.

죽을 때가 되니, 점점 약해지는 것일까?

※

아무것도 결론을 짓지 못한 상황.

그날 재권은 설득에 실패했다.

하지만 한가지 희망을 본 것도 있었다.

생각보다 안재현이 약해졌다.

어렸을 때, 늘 거대하게만 봐서 그런지 벽으로 느껴졌던 형이었다.

그런데 그날 이후, 다음날 또 다음날 찾아갈 만큼 안재현의 벽을 무너트릴 자신이 생겼다.

물론 그러다가 또 공고한 안재현의 벽에 처참하게 무너지고 왔지만.

"휴우… 꿈쩍도 하지 않아."

하루하루가 아쉬운지 재권이 민호를 찾아오는 빈도가 잦아졌다.

그러나 그의 말을 듣고 나서 민호는 특별한 해법을 제시하지 못했다.

그저.

"자주 찾아가서 설득하세요. 이야기를 들어보니 회장님도 많이 약해졌네요."

"그런가?"

"당장 수술대에 눕히기는 쉽지가 않을 거예요. 조금씩 조금씩 녹이는 거죠. 그때까지 더 안 좋아지지 않도록 기도하는 수밖에 없네요."

이제 성혜와 안재현이 적이라는 걸 명확히 말할 수 없는 상황이 되어버렸다.

대신 또 하나의 적이 나타났다.

그게 바로 스카이 그룹이다.

재계 3위의 터줏대감.

지금 글로벌이 더 적으로 만들 곳을 늘이면 안 되는데, 스카이 그룹을 적으로 여긴 이유는 바로 방정구 때문이다.

아주 간단한 원리다.

적의 친구는 적이다.

거기다가 심정적으로 이상하게 안재현의 적은 적으로 느껴졌다.

최수련이 임신했다는 소식을 듣고 분노한 것만 봐도 알 수 있었다.

재권이 이 사실을 알게 될 경우 자기보다 더 화를 낼 것이 뻔했다.

아직 민호는 재권에게 그의 형수, 즉, 최수련이 임신했다는 사실을 알리지는 않았다.

어차피 알게 될 사실이긴 했다.

그러나 그 계기를 자신이 만들 필요는 없다고 생각했다.

잘못하면 재권을 통해서 안재현의 귀에 들어갈 수도 있었다.

그 자존심 센 사람이 아내의 임신이 무엇을 증명하는지 알게 될 텐데, 약해지거나 무너져내리는 모습을 보고 싶지는 않았다.

그런데 세상에 마음대로 되는 일이 없다더니, 다음날 크게 대서특필된 기사.

"성혜 그룹 회장이 이혼하네요."

강성희가 먼저 발견했다.

민호가 회의소집 후에 바로 나온 목소리였다.

늘 누군가의 가십에 가장 관심이 있던 그녀였기에, 틈나는 대로 인터넷의 항해를 하던 중 급하게 뜬 뉴스였다.

"근데 이혼 소송이라고 하면… 한쪽에서 일방적으로 하겠다는 건데…."

회의실에 들어가는 민호의 귀에 계속해서 강성희의 목소리가 들려왔다.

"그거… 시간 좀 걸리겠네. 원래 한 쪽이 안 한다고 버티면, 시간이 걸려. 거기다가 양쪽이 재벌가라서 변호사 빵빵하게 투입하면 진흙탕 싸움이 되겠는걸."

"와우, 이혼 경력이 한 번 있으셔서 그런지 잘 아시네요."

"뭐? 너, 일루 와봐."

이정근이 옆에서 깐죽대자 바로 눈에 불을 켜고 접근하는 구인기.

그 모습이 한 편의 촌극이라 웃을 수밖에 없었지만, 민호의 마음은 좋지 않았다.

이제 최수련의 임신 사실이 알려질 가능성이 훨씬 더 높아졌다.

일단 그걸 뒤로 미룬 채, 민호는 회의를 진행했다.

"자, 새로운 건수 하나가 출현했습니다. 금액은 50조 이상 가는 거고… 대금 결제는 미군입니다. 물론 걔네들 돈이 혈세로 들어가는 거니까, 당연히 우리가 회수해야겠죠."

그는 새로운 프로젝트의 개요에 대해서 설명하기 시작했다.

사람들의 눈이 빛났다.

사실 그들의 귀에는 돈의 액수는 잘 들리지 않았다.

이번 성공을 통해서 또 한 번의 전공을 올릴 수 있다는, 먹잇감을 노리는 눈빛만 가득했다.

일사불란함. 경제연구소의 인원들이 아무 말 하지 않아도 제 역할을 찾아서 한다는 점을 보니 민호의 얼굴에 흡족함이 새겨졌다.

그렇게 회의를 마치고 나오는데, 전화벨이 울렸다.

안재현이었다.

"어쩐 일이십니까?"

(재권이… 그만 보내라.)

"제가 보내고 말고도 없습니다. 본인이 알아서 가는 거죠. 다 큰 어른인데, 제가 뭐 어떻게 하겠습니까?"

요즘 거의 매일 찾아가는 것 같았다.

그게 귀찮았는지, 급기야 민호에게 전화했다.

"그나저나 오늘 신문에 나오셨네요."

(응.)

"소송까지 가는 걸 보니, 좀 오래 걸리겠습니다."

(아니, 금방이야. 너도 알 텐데, 최수련이 바람 펴서 딴 남자애까지 품고 있는 거.)

민호의 눈이 커졌다.

역시 안재현은 달랐다.

절대 약해질 남자가 아니었다.

이로써 그를 수술대에 눕히는 게 더 어려울 거라는 느낌이 들었다.

그리고 이혼에 대한 그의 의지를 알았을 때, 확실히 감 잡았다.

스카이 그룹에 대한 끈을 반드시 끊으려 드는 것.

지금 전화한 이유도 재권을 핑계 삼았지만, 한 가지 더 자신에게 제안했다.

(그건 그렇고… 미군 부대 이전 사업에 대해서 무슨 공작 하는 거지?)

"50조 플러스 알파를 먹으려고요. 누구 주기는 아깝잖아 요."

(흠…)

"원하시면 끼어드립니다. 컨소시엄 싫어하는 줄 알지만, 그래도 액수가 크지 않습니까? 거기다가… 스카이 그룹 꼰대 인상 쓰는 거 보고 싶지 않으세요?"

왜 안 보고 싶겠는가.

수화기 너머 안재현의 표정.

대답은 없었지만, 분명히 미소 짓고 있는 게 눈에 훤했다.

이럴 때는 그의 대답을 강요하기보다는 미리 짐작해서 추진하는 게 더 나았다.

"그럼 제가 그쪽 기획실장하고 이야기해서 추진하겠습니다. 아, 그리고 하나 더 있는데요."

(뭐지?)

안재현의 물음에 민호는 슬쩍 웃었다.

성혜의 기획실장, 이용근과 추진하겠다는 말에 반대하지 않았다.

자신의 제안을 받아들이는 거나 마찬가지.

그래서 다음 제의가 중요했다.

"성혜에서 2년 전에 인수한 대학 있지 않습니까? 수도대학. 거기 대학병원 암센터에 꽤 투자하셨더라고요. 글로벌에서도 관심이 있는데… 끼워주시겠습니까?"

HOLIC : 그의 직장 성공기

213회. 다시 나타난 민호 장모

약 2년 전.

아버지, 안판석이 돌아가시고 나서 안재현은 수도대학을 인수했다.

서울에 있는 중위권 대학이지만, 의대 순위가 생각보다 높았고, 교수진도 열의가 있다는 평판을 받은 곳.

암센터 건립을 시작으로 투자가 진행되었고, 지금은 투자를 받고 나서 점점 대학 순위도 상승했다.

다만 하루아침에 의술이 발전하는 게 아니었다.

따라서 알고 있는 분야의 권위자들을 섭외하여 수도대학으로 초빙하려고 애를 많이 썼다.

결국은 돈이었다.

더 많은 돈을 투자해서 더 많은 연봉을 제시하면 오지 않을 수 없다.

그러나 현재 종합 병원의 쌍두마차인 풍납동의 에이치 병원과 일원동의 더블에스 병원 수준 이상으로는 투자하기가 쉽지 않았다.

종합 병원의 특성상 적자를 감수해야 한다는 건 알지만, 그것도 '정도껏'이지, 현재 성혜 그룹의 상황에서는 딱 그 정도의 수준으로 투자할 수밖에 없었다.

그런데 만약 글로벌이 더 투자한다면?

"나쁘지 않군. 요즘 글로벌이 잘 나간다더니, 돈이 좀 많나 봐."

(사람은 누구나 늙죠. 저도 그렇고… 재권이 형도. 암은 나이와 상관없이 찾아오니까 의술을 최대한 발전시켜야 저도 안심하고 일하죠.)

다른 말보다는 재권이라는 말이 귀에 꽂혔다.

안재현에게 있어서 암이란 사형 선고나 마찬가지다.

형제자매 중에 자신이 죽고 이어받을 만한 사람은 재권이라고 생각했는데, 갑자기 암이라도 걸린다고 생각해보자.

그건 그에게 넘기나 마나 한 일이 아닐 수 없었다.

"좋아. 받아들이지. 그런데 생색만 내는 투자는 사양이야. 적극적으로 한도 이상 투자해야 할 거야. 이왕이면 더블에스와 에이치를 넘어서는 수준으로 만들면 더 좋고."

(모르시나 본데, 이미 알츠하이머를 하나씩 하나씩 정복하고 있습니다. 거기다 이번에 정신병 치료제 프로젝트가 급속히 추진되고 있고, 메디컬 쪽으로 글로벌이 투자하면 끝을 본다는 공식… 조금만 신경 쓰면 들어보실 수 있네요.)

수화기와 가까운 안재현의 입이 살짝 좌우로 벌어졌다.

생각해보니 민호의 말이 옳았다.

최근 언론에서는 메디컬 쪽으로 투자하고 있는 글로벌을 많이 다루는 중이었다.

공사가 진행되고 있는 실버큐어타운.

그것과 연계된 알츠하이머 치료연구.

거기다 원래 성혜 제약이었던 것을 병합 후에 인수해서 최근 출시한 약들은 내놓는 제품마다 돌풍을 일으키고 있었다.

얼마 전에는 메디컬 장비 부분을 인수해서 기대감을 모았다.

그리고 오늘.

(아마 오늘 자 저녁 신문 보면 바이오 메디컬에 진출한다는 뉴스를 보시게 될 겁니다. 그 이전에 포털에 먼저 뜨겠지만.)

민호의 말대로 그날 저녁 포털에 글로벌의 메디컬 산업에 대해서 뉴스가 연이어 터졌다.

바이오 메디컬.

유전, 생명, 생체공학을 바탕으로 한 산업 분야다.

더 깊숙이 들어가 보자면, 유전자 치료와 인공장기 산업을 중심으로 바이오 센서와 휴먼 테크놀로지 기술이 포함되어 있다.

더블에스 그룹에서도 향후 신수종 사업으로 진출한다고 발표한 이 산업에 글로벌이 언론을 통해서 진출선언을 했다.

다음날부터 당연히 경제 연구소의 구성원들은 바빠졌다.

민호는 구성원들을 두 팀으로 나누었다.

한 팀은 미군기지 이전 사업에 배치했다.

스크이 그룹의 뇌물 사건을 더 크게 비화시키고, 만약 새롭게 입찰한다면, 준비가 먼저였다.

그래서 그 모든 것에 대한 준비를 사전에 하는 게 최선이다.

그에 대해 지시를 해 놓은 민호.

더군다나 성혜 그룹과 협력해서 미군 기지 산업을 공략할 예정이라 손익 관계를 계속해서 체크 해야만 했다.

그다음으로 바이오 메디컬에 관련된 팀 또한 꾸렸다.

그동안 강태학 과장이 다른 직원들과 함께 각 대학의 관련 교수들을 섭외했다.

여기에 이정근이 합류했다.

얼마 전까지 한국대학교에서 정신과 치료제에 대한 협력을 이끌어낸 그는 또 다른 일감이 주어지자 정신없는 하루를 보내는 중이었다.

숨이 턱까지 차오르지만, 이 기분은 나쁘지 않았다.

장수는 공을 세울 기회를 마다치 않는다.

그 역시 일에 대한 욕심은 구성원 중 최고였다.

특히나 성혜 그룹에 있는 자신의 형, 이용근보다 더 높은 자리에 오르는 게 목표였기에, 살짝 투덜대면서도 열심히 일했다.

"휴우, 바쁘다, 바빠."

"바쁜 게 좋은 거야."

"그건 저도 알지만, 연애할 시간이 없네요."

이정근은 그 말을 할 때, 살짝 송연아와 눈을 마주쳤다.

같은 공간에서 자신이 사랑하는 사람이 있다는 행복을 마음껏 누리는 모습.

이게 그로 하여금 더 직장을 좋아하게 만드는 원천중 하나였다.

직장에서 인정받고 있다는 모습을 연인에게 보여주고 싶었다.

그러나 옆에서 보고 있던 구인기는 대놓고 타박했다.

"어쭈 대놓고 연애 이야기하네."

글로벌에서 직장 내 연애를 규제하지 않는다고는 하지만, 아무래도 주변 사람들을 불편한 건 사실이다.

특히, 송연아가 있을 때, 이정근을 구박하면, 체면 때문인지는 몰라도 자신에게 대드는 빈도가 꽤 잦았다.

구인기는 이것을 직장 내 연애의 부작용이라고 종종

입버릇처럼 말했다.

역시나 그 부작용이 나타나고 있었다.

이정근은 그에게 지지 않고 대들었다.

눈을 치켜뜨고, 목소리를 높이면서.

"그게 어때서요? 소장님도 사내 연애로 결혼하셨잖아요."

역시나 차세대 싸가지다운 품격을 보여주고 있었다.

전가의 보도, 민호와 유미의 러브스토리를 꺼내놓는 것도 잊지 않으면서.

"이건 무슨 말만 하면 소장님 핑계야. 쯧쯧쯧. 아닌 말로, 네가 소장님하고 같아? 역량을 먼저 쌓아 놓고 그런 말 좀 해라, 인마."

구인기는 혀까지 차며 대놓고 그를 비난했다.

그런데 그 말을 듣는 이정근의 치켜뜬 눈에 싸가지가 가득했다.

어쩔 수 없이 자신에게 또 대들까 봐 은근슬쩍 자리를 피하며 소장실 문을 두드렸다.

똑똑.

"네."

"소장님, 저번에 조사했던 미군기지 건. 그거 말씀드리려고…"

"들어오세요."

민호가 나눈 두 팀 중 한 팀은 구인기가 끌고 있었다.

평택 미군 기지 이전 산업이 바로 그가 맡은 거였는데, 찌라시 공장 출신들이 이쪽으로 붙어 구인기에게 끊임없이 정보를 제공했다.

그래서 나온 팩트끼리 서로 연관관계를 분석하고 중간보고를 거치고 또 거쳤다.

최종적으로 조사한 결과 이번에 스카이 그룹은 뇌물수수 혐의에서 벗어날 수 없는 게 확실했었다.

하지만 존슨이 그걸 무마하고 떠났다.

한국에서 존슨이 한 일이라고는 딱 그거 하나였다.

중간에 방정구와 만나고 가긴 했지만, 실제로 그 일만 하려고 한국을 방문한 것이나 마찬가지로 보였다.

"물적 증거는 없지만, 강성희 과장이 말하는데… 잘만 하면, 다른 것과 연관해서 터트릴 수 있답니다."

"그게 뭔가요?"

"방위산업 비리요."

민호의 눈이 반짝였다.

최근 불거져 나온 방위산업 비리가 구인기의 입에서 나오자 머릿속에서 최상의 시나리오가 그려졌던 것이다.

그는 얼굴에 환한 미소를 지으며 구인기에게 허락을 뜻하는 말을 건넸다.

"바로 추진하십시오."

"알겠습니다."

민호에게 허가를 받은 구인기는 소장실 밖으로 나왔다.

자신을 보는 시선을 느꼈다.

그중 하나는 이정근이었는데, 그의 시선을 깨끗이 무시하고 강성희에게 말했다.

"소장님께서 터트리라고 말씀하셨어."

"오, 이제 죽었다, 킥킥."

강성희는 재빨리 수화기를 들었다.

증권가 찌라시는 글로벌 본사에서 터트릴 수 없었다.

만에 하나 누군가 그 발원지를 찾으면, 글로벌이 곤경에 빠지게 된다.

따라서 그녀는 종로에 있는 찌라시 공장에 오케이 사인을 넣었다.

곧바로 증권가 찌라시가 돌아다니기 시작했다.

– 스카이 아미. 방위 산업 비리에 연루되어 곧 내사받을 예정.

스카이 아미는 스카이 그룹에서 군수품을 생산하는 대기업 방위 산업체였다.

현재 방산비리는 국내 업체가 아닌 해외 쪽과 이를 들여오는 브로커들에게 초점을 맞춘 상태인데, 처음으로 국내 방위 산업체 이름이 인터넷에 떠다니자 활활 불이 타올랐다.

더구나 대한민국에 대기업을 싫어하는 취업 백수들이 얼마나 많은가.

그들은 댓글 파이터로 돌변해서 바로 스카이 아미에 대해 부정적인 의견을 집어넣었다.

– 요즘 스카이 그룹, 꽤 시끄러움.

– 그 집 딸이 이혼 소송 중인데, 불륜을 저질렀다고 함.

– 스카이 건설도 좀 이상함. 미군 기지 산업 뇌물 수수가 저번에 뉴스로 터졌는데, 곧 잠잠해졌음. 뭔가 있음.

물론 댓글 파이터 중에는 종로의 찌라시 공장에서 위장한 경우도 많았다.

사실을 거짓에 숨기고, 거짓을 사실과 합치며 적절하게 포장된 이 찌라시들은 확대되고 왜곡되어서 점점 커져만 갔다.

급기야 언론사에서도 이 문제를 다루기 시작했다.

그때 민호도 조희경에게 연락을 넣었다.

"특종 하나가 있는데, 필요한 경제면 기자들에게 알려주셔도 좋습니다. 물론 출처는 비밀로 하시고."

(말씀만 하세요.)

"미군 부대 기지 이전 사업에서 스카이 그룹이 뇌물을 건넸다는 소식이 있어서요. 물론 증거는 없지만, 기자 정신으로 꼭 밝혀주셨으면 합니다."

(투지 넘치고 끈질긴 기자들을 알아볼게요.)

맹목적인 신앙을 가진 팬이 있다는 건 어떤 의미에서 든든한 일이었다.

가끔 언론을 이용하는 데, 그들의 힘이 꽤 대단하다는 것을 느끼고 있으니.

처음에 그들을 귀찮아했던 때가 생각이 났다.

하지만 지금은 아니다.

그들은 이제 자신의 든든한 지원군이었다.

그래서 일주일에 두세 차례 그는 자신의 카페에 들어갔다.

여전히 그의 별명은 '민호 아내 유미'였다.

집에 왔을 때, 민호가 가장 먼저 하는 일은 씻는 것.

아이를 위해서 몸을 청결히 한 후에, 교감을 나누기 시작한다.

오늘도 그 과정을 거친 후에 드디어 인터넷 카페에 접속했다.

그의 눈에 보이는 여러 게시물 중, 오늘은 압도적으로 스카이 그룹 관련 이야기가 많았다.

경제에 관련된 소식이 아니었다.

성혜 그룹 회장과 스카이 그룹 딸, 최수련에 관한 소식이 업데이트되었다.

민호는 혀를 찼다.

이미 그녀의 불륜이 알려질 대로 알려졌다.

아무리 그룹 차원에서 막는다고 해도, 그건 언론사에 해당하는 것이지, 이렇게 카페에서 활동하는 사람들을 어떻게 일일이 막는단 말인가.

한참을 둘러보던 민호.

그런데 그의 눈에 띄는 별명 하나가 보였다.

그게 바로 '민호 장모'였다.

최수련의 불륜을 성토하는 다른 게시물과는 달리, 민호 장모가 올린 게시물은 안재현과 관련된 것이었다.

– 원래 결혼 파탄은 쌍방이 잘못한 거죠.

내용을 읽어보니 이랬다.

안재현 회장의 성격이 매우 차갑고 권위적이라는 말을 지인에게 들었단다.

그 성격으로 아내를 대하니, 밖으로 나돌지 않았겠냐.

나름대로 설득력이 있었다.

더군다나 안재현의 성격은 민호가 잘 안다.

뒷내용은 짜 맞춘 거지만, 앞 내용은 어디서 들었는지 안재현 회장의 성격을 잘 알고 있는 것 같았다.

그래도 민호는 아랫입술을 살짝 내밀며 고개를 저었다.

맘에 안 든다는 듯이.

지금 민호는 감정적으로 안재현의 편이었다.

따라서 편을 든다면, 그의 편을 드는데, 누군가가 이런 식으로 최수련을 보호하는 게 당연히 눈에 거슬렸다.

무엇보다도 예전부터 별명이 맘에 안 들었다.

누군지 모르지만, 하고 많은 것 중 하필이면 '민호 장모'라니!

그는 재빨리 댓글을 달았다.

HOLIC : 그의 직장 성공기

214회. 실드

툭타다닥.

민호의 키보드 치는 소리가 방 안에 울렸다.

– 이 카페에도 스카이 그룹의 간첩이 있나?

상대를 도발하는 그의 능력은 온라인에서도 잘 발휘되고 있었다.

민호 장모라는 사람은 현재 접속해 있는지, 바로 그 댓글에 답을 했다.

– 설마 나를 말하는 건가요?

– 그렇죠. 대부분 과실이 여자 쪽에 있다고 말하는데, 실드 치고 있으니까요.

상대는 할 말이 없는지 더 이상의 답댓글이 없었다.

이겼다고 생각하는 민호의 얼굴에 미소가 깔렸다.

✤

반면 유미의 아버지인, 정필호의 얼굴은 살짝 구겨졌
다.

정말 짜증이 났다.

이 카페에서 자신이 정말 싫어하는 별명이 나타나 자신
의 게시물에 댓글을 적었다.

그런데 모르는 말이 나왔다.

그는 큰 목소리로 아들을 불렀다.

"유철아! 유철아!"

"네?"

"실드가 뭐냐?"

"실드요? 어떨 때 쓰는 건데요?"

올해 대학 새내기가 된 정유철.

요즘 술 먹느라고 정신이 없었다.

늘 그렇지만, 이맘때의 대학생은 잔소리도 잘 통하지 않
았다.

그래도 최근에 보수적이었던 정유철의 마음이 약간 오픈
되어 자유를 누리던 정유철.

오늘은 용돈이 떨어져서 집으로 기어들어왔는데, 정필호
가 이상한 말을 묻자 머리를 긁으며 물었다.

"아니, 내가 활동하는 카페에서 어떤 여자애가 나보고 실드 친다고 해서."

"아… 그 실드요? 그거 편을 들거나 방어해준다는 뜻이에요."

"그래? 알았다. 모르는 거 있으면 또 부를게."

"네, 아버지."

정필호는 이제야 그 의미를 알고 재빨리 답 댓글을 남겼다.

요즘 들어 그의 한글 타수는 점점 속도감을 더했다.

– 실드라니요? 여자 쪽을 옹호한 게 아니라, 안재현의 성격을 듣고 추측한 겁니다.

– 안재현을 직접 봤나요?

– 직접 본 사람이 말해줬어요.

– 그래요? 그게 누군데요?

– 밝힐 수는 없습니다. 그렇지만 안재현의 성격이 꽤 싸가지 없다고 하는 사람이 있었습니다.

– 알겠습니다. 더는 키배할 생각은 없고, 성격은 모르지만, 낭설은 퍼트리지 않았으면 좋겠네요. 저도 가끔 키보드 워리어의 본능이 남아 있어서요.

키배? 키보드 워리어?

도대체 이 여자는 왜 자꾸 이상한 말을 하는 것일까?

그렇다고 그 의미를 물어보면 왠지 의심받을 것 같아서 다시 정유철을 불렀다.

"유철아! 유철아!"

대답이 없었다.

다시 한 번 아들의 이름을 부르려고 하던 참에 들려오는 아내의 목소리.

"유철이 찜질방 갔어요."

"그래? 에이, 하필 왜 이럴 때."

원래 댓글은 마지막에 남기는 사람이 이기는 건데.

정필호는 상대에게 패배했다고 생각하며 기분이 나빠졌다.

패배를 인정하고 싶지 않은 최후의 수단.

그는 신고를 눌렀다.

이유는 비속어 사용.

'키배'와 '키보드 워리어'는 그의 기준으로 비속어나 마찬가지였다.

사실 이렇게라도 하고 싶었다. 그래야 마음에 평화가 찾아왔다.

그러고 나서 자리에서 일어난 정필호.

그 역시 찜질방 갈 준비를 했다.

같이 갈 사람 하나가 떠올랐다.

그의 자랑스러운 사위, 민호였다.

스마트폰을 들고 바로 그에게 연락했다.

(네, 장인어른.)

"응, 민호야. 오늘 찜질방 가자."

(좋죠, 찜질방. 알겠습니다.)

오늘따라 민호의 목소리에서 승리감이 묻어나왔다.

뭔가 사업적으로 크게 한 건 한 모양이었다.

그의 사업적 성공은 곧 자신의 사업적 성공이기에, 덩달아 정필호의 기분도 좋아졌다.

사실 민호는 계속해서 그에게 공장 확장을 주문하고 있었고, 그는 그 조언을 받아들였다.

그 때문에 지금은 거의 중견 기업급의 공장을 지닌 사장으로 군림한다.

예전에 같이 어려운 시절을 겪었던 사원들에게는 보상을 해주었고, 옆에서 다른 하청 공장의 사장들을 그를 부러워했다.

당연히 민호에게 고마워할 수밖에 없었다.

요즘 민호는 독자적인 브랜드를 고민해보라고 또 다른 조언을 했다.

민호가 하는 조언은 이제 팥으로 메주를 쑤라고 해도 들을 것이다.

이런 예쁜 사위만 생각하면, 입에서 자신도 모르게 흥얼거림이 나왔다.

그렇게 해서 도착한 찜질방, 맑은 샘.

봄이지만, 아직 일교차가 커서 밤에는 쌀쌀한데 찜질방에서 몸을 녹이면 피곤이 사라져 가는 기분이다.

그 기분을 만끽하기 위해서 욕탕 안에 입성했는데, 머리가 훤하게 벗겨진 사람이 바로 눈에 띄었다.

그는 미소를 지었다.

여기서 종종 만나는 사람이었다.

바로 글로벌 마트의 우성영이 탕 안에서 번들거리는 뒤통수를 자랑하고 있었다.

"어이, 우 지점장."

자신의 목소리를 들은 그는 재빨리 뒤를 돌아봤다.

눈이 살짝 커졌다.

그러나 생각보다 놀라지 않은 이유.

종종 여기서 그를 보았기 때문이다.

"아이고, 형님 나오셨습니까?"

"그래. 언제부터 왔어?"

"얼마 안 됐어요. 하하하."

그가 웃으며 자신을 맞이하자, 정필호도 얼굴에 미소를 띠며 탕으로 들어갔다.

탕 안의 뜨거운 온도가 몸으로 전해졌다.

그 물에 몸을 지지는 이 느낌을 만끽하며 그는 서서히 입을 열었다.

"그… 저번에 안재현에 대해서 말해준 거 있잖아."

"아, 성혜 그룹 회장이요?"

"응. 자네에게 음식점에서 갑자기 '닥쳐'라고 했다고."

정필호가 예전 일화를 말하자, 몸이 부르르 떨려온 우성영.

최근 그를 볼 수 없어서 그렇지, 거의 싸가지 계의 최강자가 바로 안재현이었다.

그는 표정을 굳히며 고개를 끄덕였다.

"맞아요. 정말 그때 깜짝 놀랐습니다."

"확실히 안재현이 맞는 거지? 아니 성혜 그룹 회장이 시장에 와서 밥 먹은 게 약간 이상해서."

"정말입니다. 정말이에요. 하아… 제가 그때만 생각하면, 아직도 심장이 벌렁벌렁합니다."

실제로 안재현을 생각하니 우성영의 심장이 격하게 뛰었다.

만약 그가 또 나타나서 큰소리를 친다면, 안재현은 1년간 싸가지 순위 일위에 올려놓을 것이다.

지금은 민호가 여전히 1위였다.

그래서 늘 경계하고 있었다.

특히, 정필호가 민호의 장인이기에 주위를 살피는 걸 게을리하지 않았는데, 요즘은 그래도 안재현이고 민호고 눈에 잘 안 띄어서 살만했다.

그래서 이렇게 종종 근무시간에 땡땡이치며 찜질방을 자주 들른다.

그는 매일매일 기도한다.

싸가지들이여, 절대 눈앞에 보이지 말기를.

그러나 세상일은 늘 자기 뜻대로 되지는 않았다.

잠시 후 누군가 안으로 들어왔다.

많은 남자가 그를 보았는데, 바로 시선을 돌린 이유.

그는 바로 아프리카코끼리가 가진 무기의 소유자였기 때문에, 위축되어 몸까지 돌렸다.

우성영은 다른 이유로 얼굴까지 탕 안으로 밀어 넣었다.

민호에게 이곳에 있는 걸 들킨다면, 그 싸가지 없는 잔소리에 오늘 잠은 다 잤다.

그 생각을 할 때, 익숙한 목소리가 그의 귀에 들려왔다.

"장인어른, 저 왔습니다."

"어, 민호야."

늘 조심했었다.

정필호가 민호의 장인이라는 걸 알았기에.

그러나 몇 번 여기서 마주친 이후, 그리고 민호와 오는 걸 거의 보지 못한 이래, 방심이 그의 가슴에 찾아왔고…

"여기 우 지점장도 왔어. 인사해라."

결국, 탕 안에서 머리를 꺼내야 했다.

어차피 숨쉬기도 힘들었다.

그날 우성영은 자기 전에 수첩을 꺼냈다.

싸가지 순위의 가장 꼭대기에 있는 민호.

그 옆에 설명 하나를 더 추가했다.

— 죄를 미워해도, 사람은 미워하지 말자.

내일부터 새벽기도에 나가기로 결심했다.

재권은 매일 같이 안재현을 찾아갔다.

물론 수술에 대한 설득을 이루어내기 위해서였다.

구박을 당하고 무시를 받아도 끈질긴 그의 행보가 계속되었다.

민호도 뜻밖의 끈질김에 감탄했다.

재권을 다시 보게 되었다.

하긴 예전에 결단력이 부족한 모습을 졸업한 지 벌써 2년이 다 되어간다.

특히, 안판석 회장의 죽음으로 단단해지고, 사업하면서 경험을 쌓은 게 결정적이었을 것이다.

한번은 그에게 물어본 적이 있었다.

형이 밉지 않은지.

그는 대답했다.

- 미웠어. 그런데 내가 형의 입장이었다면, 난 형보다 더한 짓을 했을 거 같더라고. 그런데 형은 차갑긴 했지만, 다른 형제자매와 달랐어. 그게 새록새록 기억이 나더라고.

사실 민호보다 재권이 훨씬 따뜻한 남자였고, 역지사지에 몰입하기 쉬운 성격이었다.

만약 민호가 없었다면, 그는 호구 이미지를 결코 벗어날 수 없었을 것이다.

아무튼, 그 끈질김에 안재현이 넘어갈지도 모른다는 생각을 할 만큼 집념이 대단해 보였다.

그 와중에 민호는 드디어 언론을 통한 스카이 그룹의 압박에 성공했다.

결국, 검찰 조사가 들어갔다.

미군을 조사할 수는 없지만, 스카이 그룹을 충분히 조사할 수 있는 상황.

스카이 그룹의 주인, 최승현 회장은 계속해서 부인하고 있지만, 검찰의 수사가 좁혀질수록 빠져나갈 구멍이 보이지 않았다.

급기야 그는 늘 하던 대로 건강이 좋지 않다는 핑계로 병원에 입원했다.

그 뉴스를 보며 민호의 입에서 비웃음이 가득 담긴 음성이 새어나왔다.

"무슨 조사만 하면 아프답니까?"

4월의 한가로운 봄날.

옥상에 올라간 재권과 민호는 대화를 나누고 있었다.

옥상 난간에 기대에 정면에 나오는 대형화면에는 마스크를 낀 최승현 회장이 휠체어에 의지하는 모습이 보였다.

재권도 웃으며 말했다.

"좀 더울 텐데…, 마스크까지 끼고 답답하겠다."

"그러게요. 그나저나 진짜 아픈 사람은 아픈 걸 말도 안 하고, 가짜로 아픈 사람은 병원행이고… 신기합니다, 신기해요."

여기서 말하는 진짜 아픈 사람은 당연히 안재현이었다.

그는 자신의 병이 세상에 알려지기를 극도로 기피했다.

현재 민호와 재권이 알고 있었는데, 그의 아내 최수련에게 알려진 것으로 봐서, 어디까지 더 알려졌는지는 짐작하기 힘들었다.

"최승현 회장도 알고 있겠지?"

"거의 100% 알고 있다고 확신합니다."

"그래서 이혼 안 시키려고 필사적이고."

"그렇죠. 갖은 욕을 다 먹고 있는데, 버티는 걸 보니 확실히 최수련의 멘탈도 대단한 거 같아요."

사실 민호는 그녀를 완전히 골로 보낼 수 있다.

그녀의 임신 사실.

그것만 언론에 퍼진다면, 이혼에 대한 법정 공방에 종지부를 찍을 가능성이 높았다.

그러나 그렇게 하다가는 안재현의 체면이 무지막지하게 깎인다.

그래서 조사를 상세히 했던 찌라시 공장 출신 3인방한테도 입단속을 철저히 시켰다.

다만 재권에게는 알리는 게 나을 것 같았다.

그래서 말했는데, 이미 그는 알고 있었다.

홀릭 175
그의 직장 생활기

안재현이 말했다고 한다.

그걸 듣고 민호는 판단했다.

이제 서서히 재권에게 많은 걸을 알리기로 결심했다는 것을.

그게 죽음에 대한 대비 같아 보였다.

그걸 막기 위해서 재권은 최선을 다하고 있지만, 과연 설득에 성공할지는 미지수였다.

"오늘도 가실 겁니까?"

"가야지. 얼마 전에 육 교수님한테 드디어 3기 B로 되었다고, 조금만 더 가면 쉽지가 않다는 말씀을 하셨어."

"그렇군요. 그럼 행운을 빌겠습니다."

민호의 응원 비슷한 말에 고개를 끄덕이는 재권.

뒤돌려 하는 그때 그의 눈과 귀를 잡는 화면이 있었다.

정확히는 핫 뉴스가 터져 나왔다.

– 이혼 소송 중인 최수련, 임신 사실 밝혀져.

홀릭
HOLIC : 그의 직장 성공기

215회. 글로벌을 흡수하겠다

"오늘은 저도 같이 가 봐야 할 거 같은데요."

이 말을 하고 재권과 같이 내려가는 민호.

가슴 속에 분노가 스몄다.

안재현이 그에게 뭐라고?

이상했다. 마친 진형과 같은 기분이 솟구치다니.

재권과 오래 같이 지내다 보니 동화된 모양이다.

어쨌든, 그가 운전하고 재권이 옆자리에 탄 차가 성혜 그

룹 주차장에 세워졌다.

그때 귀신같이 스마트폰이 울렸다.

안재현이었다.

"여보세요?"

(왜 왔지?)

어디선가 자신의 차를 발견한 게 분명했다.

아니면 자신의 차를 발견한 누군가가 그에게 연락을 취했거나.

그렇게 생각하며 가볍게 말했다.

"그림 구경하러 왔습니다. 나중에 사려면 자주 봐둬야 해서요."

(……)

수화기 너머에서 아무런 답변이 없었다.

그걸 기다릴 민호가 아니었다.

"그럼 올라가겠습니다."

(19층이다.)

"네?"

(거기에 보면 아무것도 표시되지 않은 사무실 문이 있어. 거기로 와라.)

전화를 끊은 안재현.

고개를 갸웃거리는 민호.

"19층으로 오랍니다."

"그래? 거기 귀빈실로?"

"아니요. 아무 표시도 없는 문이 있는데, 그 안으로 들어오라는데요."

그 말을 듣고 재권도 같이 고개를 갸웃거렸다.

어렸을 때부터 이곳에 많이 드나든 그는 무엇이 어느

곳에 있는지 잘 알고 있었다.

19층에는 귀빈실이 있었는데, 아무것도 표시되지 않았다면, 개조했다는 의미다.

무슨 용도일까?

살짝 궁금함이 스쳤지만, 곧이어 도착한 엘리베이터에 몸을 실었다.

이윽고 도착한 19층.

민호와 재권이 내려서 안재현이 언급한 곳을 찾기 위해 생각보다 꽤 걸었다.

구석진 자리에 있었기 때문이다.

똑똑, 노크를 했을 때, 안에서 들려오는 목소리.

"들어와."

민호와 재권은 서로 상대방의 얼굴을 한 차례 쳐다보며 문을 열었다.

그렇게 민호의 눈에 새로운 세계가 열렸다.

안재현의 비밀 공간.

화실에 왔다고 해야 하나?

꽤 고급스럽게 꾸며진 곳이었다.

그리고 그곳에서 안재현은 이젤에 걸쳐 있는 캔버스 위에서 펜 터치를 하고 있었다.

"여…긴 비품실이었던 것 같은데…."

"이젠 아니지."

재권의 말을 안재현이 받았다.

그는 이들이 들어온 지금 이 순간에도 그림을 그리고 있었다.

무언가 고심하는 눈빛으로, 마지막 몇 번의 펜 터치를 하더니 몸을 일으켰다.

그가 뒤를 돌아보았을 때.

민호는 그가 어떤 결심을 했다고 생각했다.

"안 됩니다."

"뭘?"

"최수련의 아이가 회장님의 아이가 아니라고 밝히려는 것!"

"……"

그토록 강했던 사나이의 눈이 흔들렸다.

그러나 곧 평정심을 되찾은 모양인지, 뱀눈을 꿈틀거리며 말했다.

"이미 기자를 불렀다."

"그럼 기자들에게 말씀하십시오. 수술 준비하고 있다고."

"……"

"스카이 그룹, 먹어야죠. 아니, 더 큰 걸 봅시다. 글렌초어 어떻습니까? 나눠 먹기에 꽤 큼지막한 먹잇감 아닙니까?"

민호는 슬슬 발동을 걸었다.

가능성이 없진 않았다.

안재현의 눈빛에 새겨진 욕망을 읽었기에.

처음에는 매우 작아서 캐치하기 힘들었지만,

"저 같으면 나를 건드린 놈들을 가만두지 않겠습니다."

"나를 건드린 놈들이라…."

"네, 이번에 회장님을 건드린 놈 말입니다. 최수련이 임신했다는 사실, 방정구가 흘린 거거든요."

"……!"

이제 그렇게 작았던 욕망의 불꽃이 다크하게 변하며 분노의 화산으로 변하는 게 보였다.

안재현은 물론 냉정했다.

하지만 냉정한 사람이 감정이 없다고 생각하면 오산이었다.

언제나 그 감정을 억누를 뿐이었다.

그것을 꺼낼 수 있는 적기.

민호는 바로 지금이라고 생각했다.

"고작 방정굽니다. 그놈이 원하는 게 뭔지 잘 생각해보십시오. 수술? 그딴 걸로 회장님이 죽을 거라고는 생각도 안 했는데…."

"……."

"아니, 진짜 우스운 게, 수술이 그렇게 무섭습니까? 마누라가 다른 씨앗을 품고 있다고 외칠 용기는 있는데, 그따위 메스가 그렇게 두렵습니까?"

"민호야!"

급기야 재권이 말리고 나섰다.

그때 안재현이 손을 들었다.

그는 이글거리는 눈으로 민호를 직시했다.

뭐라고 말하고 싶었다.

그런데 민호는 여전히 자신이 할 말을 가로채 버렸다.

"내가 죽으면. 이곳을 누가 책임질까? 마땅한 사람이 없으니, 최수련에게 간다. 아니 최승현에게 간다. 이렇게 말씀하시고 싶으시겠죠. 하지만 비겁한 변명이네요. 죽지 않고 살면 되지 않습니까? 왜 죽을 생각부터 먼저 하는데요?"

이제는 눈빛이 흔들렸다.

방금까지 불타오르던 그 시선이…

민호의 눈을 보되 사실 눈까지 닿지 않기 시작했으니…

그 틈을 파고들어서 민호가 종지부를 찍었다.

"수술. 하십시오. 기다리겠습니다."

몸을 돌렸다.

문의 손잡이를 잡았다.

긍정적인 대답을 얻기 바랐다.

그래서 동작에 시간을 두었는데…

"……."

안재현의 입에서 수술하겠다는 긍정적인 신호는 떨어지지 않았다.

결국, 손잡이를 돌리는 민호.

실망감이 가득했다.

안재현은 그의 인생에서 다시 볼 수 없는 호적수였다.

강력하다고 생각했기에 더 승부욕이 치솟았었는데, 이제 그 짜릿함을 다시는 맛볼 수 없다고 생각하니 허무했다.

그 허무함에 문을 열고 빨리 나가려고 했다.

순간.

"내가 만약…!"

안재현의 목소리가 들렸다.

아까 살짝 떨리던 음성과는 완전히 달랐다.

"수술 후에 복귀한다면…."

"……."

"글로벌도 흡수할 거다."

귀에 쏙쏙 박혔다.

예전에 그 음성이.

뒤를 돌아보지 않아서 볼 수는 없었지만, 민호는 안재현의 표정이 보였다.

뱀눈을 꿈틀거리며 입술 끝을 말아올리는 오만함.

그게 떠올라 자신도 모르게 미소를 지었다.

그러면서 하는 말.

"기다리겠습니다. 그런데…."

"……."

"그때쯤이면 글로벌은 매우 커 있을 겁니다. 회장님이 쉽게 건드릴 수 없을 테니까요."

문을 열었지만, 나가지 않은 상태에서 민호는 그의 말을 받았다.

이에 안재현은 아까보다 더 단단한 말투로 목소리를 깔았다.

"아니. 나 혼자 건드리지는 않을 거다."

"……?"

"수술 후에 회복할 동안… 재권이가 임시로 이 자리에 앉을 테니까."

❋

회장실을 나왔을 때, 재권이 물었다.

"그게 사실이야?"

"뭐가요?"

"방정구가 최수련의 일을 유포했다는 거."

"그거야 모르죠."

"잉?"

엘리베이터 안에 탄 재권은 묘한 표정을 지었다.

마치 민호가 자신의 형을 완전히 낚았다는 것에 감탄한 듯한…

"그런데 조금만 생각해보면 방정구밖에 없습니다."

그 표정을 보며 민호가 입을 열었다.

그러면서 추가로 설명하길.

"최수련 본인과 그녀의 아버지는 괜히 이 일을 알렸다가, 안재현 회장이 어떻게 나올지 뻔히 아는 사람들입니다. 아마도 지금쯤 불안해하고 있을 걸요. 거기다가 요즘 아픈 척하느라 정신도 없을 거예요."

"하긴 그렇겠지."

"방정구는 이게 기회라고 생각할 겁니다. 일시적으로 손을 잡은 스카이도 흠집 낼 수 있고, 잘하면 성혜 그룹의 회장을 흔들 수도 있었고. 실제로 오늘 회장님은 발표하려고 했잖아요."

재권은 이제야 고개를 끄덕였다.

구구절절이 민호의 의견의 동의한 것이다.

다만 엘리베이터 문이 열리고 차로 가면서 아무 말이 없는 이유.

조용히 분노를 삭이고 있었다.

방정구에게 배로 갚아주리라.

그것을 눈치챈 민호 역시 차 안에서 그의 생각을 방해하지 않고 글로벌로 복귀했다.

어차피 보복이 아니더라도 방정구에 대한 응징은 철저히 진행되고 있었다.

그가 글로벌이든 성혜든, 적으로 삼았다면, 그 이상으로 혼내주는 게 먼저였다.

솔직히 조금만 더 심혈을 기울이면, 현재 JJ 그룹의 전략상 성혜와 글로벌의 적수가 되기는 힘들었다.

그러나 민호가 노리는 것은 바로 글렌초어를 다 끌어들여서 한 번에 몰락시키는 것이다.

실제로 방정구를 살살 긁어주었더니, 벌써 존슨을 불러들였고, 유럽에 있는 게르트 글렌초어와 손을 잡았다.

이제 시작이라고 생각했다.

작은 틈을 찾았으니, 그것을 노리며 글렌초어를 세상에 끌어올려서 완벽하게 '꿀꺽' 하겠다고 다짐한 민호.

'아직 멀었다.'

그의 눈이 야망으로 물들고 있었다.

✾

슬슬 입질을 할 때가 되었는데, 소식이 없었다.

역시 안재현은 만만치 않은 인물이라고 생각했다.

하지만 방정구는 이번에 두드려야 할 것만 같았다.

예감이 왔다. 뭔가 큰일이 벌어질 거라는 예감이.

정확히 그게 무엇인지는 알 수가 없었다.

다만 최승현 회장과 시간을 잡고 만났을 때, 그는 스카이와 성혜의 전쟁이 시작되리라는 예측을 했고, 적의 적은 친구였기에 과감히 그와 손을 잡았다.

물론 뚜렷한 성과는 없었다.

존슨까지 동원해서 압력을 행사했건만, 평택 미군 기지 이전 사업은 표류했다.

그래도 절반의 성공이 있었다.

성혜에게서 스카이를 분리한 것.

그는 조금 더 그 분리를 빨리하게 하려고 손을 뻗었을 뿐이다.

최수련의 임신. 다른 남자의 아이를 가진 것.

여의도 찌라시 공장에서 나온 정보를 손에 쥐었을 때, 밑그림을 그렸고 과감히 찌라시를 투하했다.

동맹관계인 스카이 그룹 회장의 딸이 치욕적인 상황에 노출될 수도 있었지만, 그와는 상관없는 일이었다.

"그래도 나중에 최 회장이 알면… 문제가 될지도 몰라."

"그때쯤이면 스카이와 다른 길을 걸어야죠. 사실 그렇게 될 수밖에 없습니다. 스카이와 우리의 목표가 같은 이상은."

장규호의 말에 그는 단춧구멍 눈을 번뜩이며 말했다.

그런데 목표가 같은 데 동료가 될 수 없다?

당연하다. 성혜는 자신의 손으로 몰락시켜야 하니까.

침 발라 놓은 음식을 스카이가 가져가게 해서는 절대 안 된다고 생각했다.

"그나저나 안재권과 김민호가 왜 자꾸 성혜 그룹을 들락거리는지는 알아보셨습니까?"

"응? 아… 아직은 잘 모르겠어."

"그렇습니까?"

방정구의 눈빛이 살짝 차가워졌다.

그걸 느낀 장규호는 속으로 긴장했다.

그가 무슨 생각을 하는 건지 도통 몰랐다.

한 가지 확실한 것이 있었다.

실수를 여러 번 하면, 아무리 친분 관계가 있는 자신이라도 과감히 내칠 것이라는 예감.

그래서 항상 긴장하고 있었다.

"일단 시간이 조금 더 필요해."

"시간이 더 필요하다…."

"……."

"알겠습니다. 그럼 이번 주 안에 꼭 알아내시기를…, 전 이만 최승현 회장 문병을 가야 해서 일어나겠습니다."

차가운 눈으로 장규호를 바라보며 방정구는 일어섰다.

비록 꾀병이기는 하지만, 일원동 더블에스 병원에 입원해있는 최승현을 찾아갈 시간이 되었다.

차를 대기시키고 가는 길에 성혜 그룹이 보였다.

저 안에서 과연 무슨 일이 일어나고 있을지…

자신의 계획대로 이루어진다면 좋으련만.

그의 단춧구멍 눈이 더 좁아졌다.

급기야 눈을 감은 방정구.

요즘은 밤에 잠이 안 오고, 낮에 슬슬 잠이 왔다.

홀릭

HOLIC : 그의 직장 성공기

216회. 배 속의 아이 아빠를 밝힐게요

일원동 더블에스 병원.

한국에서 톱을 다투는 이 병원 VIP실.

방정구가 최승현을 위문차 방문했다.

사실 위문은 핑계일 뿐이었다.

적의 적은 친구였고, 잠시 최승현과 손을 잡았으니 얼굴
도장은 찍어야 하지 않겠는가.

문을 두드리고 들어가서 그야말로 얼굴도장을 바로 찍는
방정구.

"회장님, 저 왔습니다. 하하하."

"어이구. 이게 누구야. 방 실장 아닌가? 귀한 몸이, 여기
에 오셨네. 여기에 오셨어. 허허허."

최승현은 누워있지 않았다.

넓직한 공간에 놓여 있는 소파에 앉아서 TV를 보고 있었다.

그러다가 방정구가 오자 반갑게 그를 맞이하며 일어섰다.

딱 봐도 욕심 많은 얼굴이다.

턱이 겹쳐서 세 개로 보이는데, 하나의 턱마다 욕심을 잔뜩 담았음이 틀림없었다.

"공 실장, 뭐해. 먹을 것 좀 준비해오지 않고…."

"아, 괜찮습니다, 괜찮습니다. 그것보다… 이거."

방정구는 그의 호의를 거절하며 가져온 물건을 공 실장이라 불린 사람에게 전달했다.

받은 공 실장이 고개를 숙이자, 그는 약간 생색내듯이 말했다.

"기력 회복에 좋은 겁니다."

"오호, 그런가? 안 그래도 기력이 요즘 떨어져서 말이야. 허허허."

옆에서 그 말을 듣고 최승현이 곧바로 즐거운 듯이 몸을 떨며 말했다.

몸의 떨림과 함께 턱 세 개도 같이 떨렸는데, 전혀 아프지 않은 표정과 몸짓이었다.

아마 주위의 시선만 아니라면, 어디서 무슨 짓을 하는지 아무도 모를 것이다.

재계에서는 자신의 정력을 꽤나 광고하고 다니던 최승현 회장이었다.

방정구는 단춧구멍 눈에 공손함을 포장하며 고개를 숙였다.

"사실 걱정됐습니다. 몸이 이렇게 불편하신데… 거기다가 이상한 뉴스까지 떠서."

최수련의 일을 말하는 것이었다.

실제로는 그가 유포한 건데, 시치미를 뚝 떼는 모습.

그런데 중요한 것은 걱정됐다는 말은 거짓이라는 것.

실제로는 얻을 것도 관찰할 것도 있으니 이곳에 찾아왔다.

그것을 아는지 모르는지 최승현은 살짝 인상을 굳히며 말했다.

"그러게… 어떻게 그게 알려졌는지… 뭐, 어쩔 수 없지. 아니 차라리 잘 되었어. 재현이도 자기 아이를 내치겠어?"

자기 아이?

방정구는 속으로 웃음을 금치 못했다.

그 아이는 분명히 안재현의 씨앗이 아니다.

그럼에도 불구하고 최승현은 저렇게 표현하고 있었다.

그렇다고 자신의 입으로 그 아이는 안재현의 핏줄이 아니라고 말할 수는 없는 법.

곧바로 장단을 맞추는 방정구였다.

"그러게요. 이렇게 된 이상, 이혼 소송이 곧 취하되겠네요. 회장님은 곧 외손주를 보시게 되겠고요."

"그렇지. 그렇다 마다. 허허허."

비열한 웃음이 방정구의 귓전을 때렸다.

그러나 방정구의 표정은 여전히 변함이 없었다.

앞에서는 살살 웃고, 뒤에서는 자기 실익을 챙기는 게 최고다.

그렇다고 방심은 금물.

어쩌면 최승현도 자신을 의심할 가능성이 있었다.

여의도 찌라시 공장의 존재는 비밀에 부쳐졌지만, 그래도 모르는 일이다.

그가 상대가 어디까지 알고 있는지 예측하는 방법.

최대한 많이 알고 있다고.

그래야 방심하지 않았고, 그래야 더욱 감출 수 있었다.

지금도 마찬가지다.

속을 내보이지 않는 대화가 계속되었다.

"뭔가 성혜에서 움직임이 있는 거 같은데, 그게 뭔지 모르겠습니다. 최근에 김민호와 안재권이 계속 들른다는 소문이…."

"그러게. 나도 그 이야기는 많이 들었어. 이번에 컨소시엄을 구성해서 미군 부대에 입찰한다는 정보도 있지."

역시 스카이 그룹의 정보망도 무시할 수준이 아니었다.

이번에 미군 측은 꼬리 잘라내기의 방식으로 스카이 그룹을 과감히 내쳤다.

그때 꽤 분노했었다.

알아본 결과 글로벌과 성혜의 합작 작전이 있었다는.

"흠, 흠. 그러니… 이번 입찰에 자네가 활약을 해줘야겠어."

그는 방정구를 보며 말했다.

속으로는 대단히 내키지 않았다.

먹을 수 없는 떡이었기에, 방정구에게 내주는 것이었다.

정확히는 안재현이 먹든, 방정구가 먹든 상관이 없었지만, 글로벌이 먹으면 안 되는 상황이다.

그는 언젠가 성혜를 집어삼킬 작정이다.

이혼만 하지 않는다면, 가능한 일이었다.

그러나 글로벌은 어떻게 할 수가 없었다.

그랬기에 이번에 글로벌과 성혜가 손을 잡아 평택 미군기지 사업을 먹으면 안 된다고 생각했다.

그것보다는 차라리 선심 쓰듯이 방정구에게 내주는 게 나았다고 본 것이다.

"쉽지는 않지만, 한 번 해봐야지요."

결국, 자신에게 떨어지는 이번 프로젝트.

미소를 지으며 가볍게 대답하는 방정구.

늘 웃고 있었기에, 이게 어떤 웃음인지 최승현을 알 수 없을 것이다.

그런데 방정구 역시 예측하지 못한 일이 성혜 그룹에서 일어나기 시작했다.

안재현은 자신의 말을 실천했다.

원래 결단력이 매우 뛰어난 인물이었다.

바로 수도 대학 병원을 방문함으로써 자신의 말이 가진 무게를 증명했다.

수도 대학의 병원장은 그를 걱정스러운 눈빛으로 바라보며 이렇게 말했다.

"입원은 당장이라도 가능합니다."

"아니요. 일을 마무리하고 오겠습니다. 어차피 하루 이틀 지연된다고 해서 문제는 없을 겁니다."

"알겠습니다."

병원장에게 이렇게 말한 그는 자신이 말한 '마무리'를 위해서 다음날 인사팀장을 불러 모종의 일을 지시했다.

놀라는 인사팀장의 얼굴.

"그렇게 놀란 얼굴 계속 하고 다닐 겁니까?"

"네, 네? 아… 아닙니다."

"공식 석상에서 발표하기 전까지 아무도 눈치채지 못하게 하세요."

"네, 회장님."

서둘러 대답하는 모습을 보며 안재현은 잠시 눈을 감았다.

인사팀장의 놀란 모습.

예상했던 바였다. 갑자기 자신의 동생을 전면에 내세우려고 하는 이유를 전혀 모르니, 미친놈 보듯이 쳐다보는 수밖에.

그러나 이게 자신이 할 수 있는 최선의 선택이라는 걸 그는 과연 이해할까?

지금은 몰라도 된다.

비밀만 유지해주면 그것으로 만족한다.

일단 이렇게 첫 번째 안배를 끝내놓은 안재현.

그다음으로 처리해야 할 결재서류를 바라보았다.

살짝 걱정되었다.

저렇게 쌓인 서류를 재권이 다 살펴보며 인지할 수 있을지.

그러나 그는 곧 민호를 떠올렸다.

어려우면 자신의 막냇동생이 그를 활용할 것이다.

피식. 웃음이 났다.

이로써 결국 자신의 소망이 이루어졌다.

어쨌든 민호는 자신을 위해 일하게 되었으니…

❉

사실 민호가 안재현을 위해서 하는 일.

예상을 넘어섰다.

자신의 차를 직접 운전해서 경기도 광주의 모처로 가는 것만 봐도 알 수 있었다.

그곳에서 할 일이 있었다.

호화 별장에 도착해서 눈빛을 가다듬는 것만 봐도 그 일의 중요성이 감지됐다.

"후우…."

잠시 한숨을 내쉬었다.

밖으로 나와서 봄 공기를 마셨다.

호화 별장의 불이 켜진 것을 봐서 안에 사람이 있는 것은 확실했고, 역시나 누군가가 진입한 민호의 차를 발견하고 문을 열었다.

꽤 조심스러워 보이는 남자의 행동.

그는 웬만하면 언론에 얼굴을 비치지도 않는 톱 클래스의 배우였다.

매니저도 동반하지 않고 이곳에 온 이유는 밀회를 즐기기 위해서였는데…

"안에 최수련 씨 있으면 잠시 뵙자고 전해주십시오."

민호는 그의 얼굴을 완전히 구겼다.

예상한 반응도 나왔다.

"누구요? 그런 여자는…."

"성혜 그룹 회장 대신 왔습니다. 부르지 않으면 내일 신문에 나오실 텐데…."

동공에 엄청난 지진과 함께 문을 닫은 남자.

그러고 나서 잠시 후에 최수련이 나왔다.

그녀는 민호를 발견하며 고개를 갸웃거렸다.

어쩌면 안재현의 충실한 비서실장, 신지석이라고 생각했을지도 모르는 일이었다.

그런데 매우 생소한 얼굴이었다.

그래서 민호는 그녀의 의문을 풀어주었다.

"김민홉니다."

"김민호?"

"네, 재현이 형님과는 막역한 사이죠."

그녀의 얼굴이 굳었다.

'재현이 형님.'

그녀가 남편과 살아오면서 그를 이런 호칭으로 부르는 사람은 거의 보지 못했다.

친형제인 안재열조차 형이라는 호칭으로 부를 때, 직함으로 부르라고 호통친 이가 바로 안재현이었다.

"그래서 말인데요. 조만간 미국으로 떠나주셨으면 좋겠습니다."

"…뭐라고요?"

"아, 가기 전에 이혼은 반드시 하셔야죠."

"야, 지금 너…."

그녀의 눈이 파르르 떨리며 드디어 막말을 내뱉을 찰나, 민호는 그녀의 목소리를 듣기 싫은 표정으로 이렇게 말했다.

"이주 드리겠습니다. 이주 안에 한국에 계속 있으신다면…, 배 속의 아이 아빠가 누군지 밝힐게요. 그럼 이만."

저 얼굴을 더 보기도 싫었다.

통보 후 실천하지 않으면 다른 계획을 몇 단계로 짜 놨다.

당연히 민호의 행동에 단호함과 냉정함이 가득 찰 수밖에 없었다.

시동을 거는 자신의 차를 멍하니 보는 그녀.

민호는 느낄 수 있었다.

아마 그녀는 자신의 말대로 행동할 수밖에 없을 것이다.

&

서둘러 많은 서류를 처리한 안재현.

그 다음에 할 일이 바로 긴급 총회를 여는 것이었다.

며칠 후.

갑자기 모인 사람들은 무슨 일인지 영문을 모른 채 앉아 있었다.

"아니, 무슨 일이기에…."

"나도 모르지. 하지만 긴급이라고 하니까 안 올 수가 있어? 이곳 회장이 그동안 배당금을 얼마나 많이 해줬는데…."

사람들은 어리둥절한 모습으로 대화를 나누었다.

긴급도 이런 긴급이 없었다.

이 사람들을 불러모으기 위해서 글로벌의 사원들이 엄청나게 전화를 해댔다.

어쨌든 생각보다 많이 온 주주들.

그들의 얼굴에 물음표가 가득했다.

그래도 그 물음표에 기대심리 또한 가득 차 있었다.

지난날 안재현 회장이 보여준 것은 파격적이고 모험적이지만, 늘 그들에게 큰 이익을 가져다주었다.

어쩌면 이번 긴급 총회에서도 큰 투자를 선언하는 것일지 몰랐다.

그나마 약간 다른 분위기가 감지되는 이유는 앞자리에 앉아 있는 중역들의 표정에도 그들과 같은 물음표가 잔뜩 새겨졌다는 것.

웬만하면 그들은 다 알고 오는 상황인데, 오늘은 그들에게도 비밀에 부친듯싶었다.

심지어 신지석도 안재현이 어떤 발표를 하는지 알 수 없었다.

성큼, 성큼, 성큼.

위로 올라가는 안재현의 발걸음은 늘 그렇듯이 거침없었다.

누가 그를 암환자라고 말할 것인가.

자리를 차지하는 사람 중 민호도 있었다.

그는 성혜 그룹의 주주였다.

비록 많지는 않지만, 예전에 사 놓은 적이 있었다.

어쨌든 주주자격으로 참석한 민호 역시 안재현의 이런 당당한 태도에 마음이 움직였다.

드디어 중앙에 자리한 안재현은 주주를 한 번 훑어보더니 입을 열었다.

"성혜 그룹 회장, 안재현입니다."

"……."

"제가 대장암 3기로 인해 수술을 받아야 해서, 당분간 직무 수행이 어려울 것 같습니다."

"……!"

민호는 그의 이야기를 들은 사람들의 얼굴에 느낌표가 잔뜩 새겨진 것을 보았다.

돌직구도 이런 돌직구가 없었다.

그럼에도 불구하고 그는 자신이 이야기하고 싶은 바를 하나도 빼놓지 않고 전달했다.

"…현재 시가 총액이 4위까지 올라갔습니다. 하지만 톱이 아닌 곳은 의미가 없다고 생각하는바, 제가 목표로 삼은 곳까지 오르기 전에는 절대 죽을 생각이 없습니다. 따라서 당분간 비상 경영 체제를 선언하고, 그 수장으로는 안재권 부회장을 임명하겠습니다."

홀릭

HOLIC : 그의 직장 성공기

217회. 네 마리의 용

점입가경.

안재현의 입에서 재권의 이름이 나왔다.

뱀눈을 꿈틀거리며 좌중을 바라보는 그의 입에서 나온 사람들 때문에 일순간 정적을 맞은 이곳.

일부러 그러는지 안재현은 잠시 틈까지 주었다.

그 사이에 재권은 자리에서 일어났다.

사람들의 시선이 그에게 쏠렸다.

30대 중반을 되었을까?

그의 얼굴을 보는 사람들의 눈에 의구심이 떠올랐다.

갑자기 나타난 낙하산, 거기다가 부회장이란다.

누군가가 속삭였다.

"안재권이 누구야?"

"이름이 비슷한 걸 보니 동생인 거 같은데."

"근데 왜 그동안 안 나타났지? 그리고 안재열이나, 안하나 두고 왜 생판 모르는 사람을…."

"비밀리에 키우고 있던 비밀병기인가?"

일반 주주들은 사실 그가 누군지 잘 모른다.

그들은 작은 주식에 권리를 행사하러 왔다기보다는 자신들의 주머니에 안재현이 또 얼마나 챙겨줄지 관심이 있어서 온 것이다.

그런데 오자마자 듣는 소리가 암이라니?

마른하늘에 날벼락도 유분수지, 지금까지 오른 수익을 포기하고 팔아야 하나, 고민에 휩싸였다.

다만 중역들은 정확히 재권을 알고 있었으므로 머릿속에 폭풍이 지나가는 중이었다.

이들은 일반주주처럼 속삭이지도 못했다.

서릿발처럼 둘러보는 안재현의 뱀눈.

대장암 3기가 얼마나 위험한지 아는 사람과 모르는 사람이 섞여 있었지만, 안재현을 보니 한 가지 확실하게 알았다.

어떤 병이든 간에 그는 완치하고 돌아온다.

고로!

그가 하는 말을 그냥 맹목적으로 따라야 한다.

의구심이 들더라도 믿는 척해야 한다.

그래야 이곳 성혜에서 자신들의 목숨줄을 연명할 수 있으리라.

이처럼 지금 안재현의 선언이 더 효과적이었던 이유는 은밀히 준비해서 갑자기 발표했기 때문이다.

사람들이 이성적으로 생각할 시간을 주지 않았다.

더군다나 일부 지분을 가지고 있는 안재열은 러시아에 있고, 안하나는 부르지 않았다.

안재현은 지금의 일을 비밀리에, 일사천리로 진행하느라 이 자리에 오기 전에 바로 인사팀장에게 지시했다.

신지석에게조차 알리지 않고 처리한 일이었고, 인사팀장 이외에는 아무도 모르는 일이었기에 그 충격은 더 컸다.

이제 따지는 사람은 단 한 명도 없었다.

민호의 팬카페 여성회원들이 민호에게 갖는 마음처럼, 그들은 안재현을 믿고 있었다.

하긴 누가 있어서 짧은 시간에 회사를 수습하고 이렇게 성장시켰겠는가.

대다수의 맹목적인 주주들, 거기다 사외 이사들은 감히 한마디도 하지 못했다.

그때.

짝짝짝…

누군가가 박수치기 시작했다.

어디서 나는 소리인지는 모르겠지만, 사람들 역시 박수를 쳤다.

민호 역시 박수를 쳤지만, 자신의 옆에 있는 사람을 보며 폭소를 참았다.

"어르신, 킥킥."

종로 큰손은 조금 전에 들어왔다.

뒤에 이우혁을 동반하고.

사실 종로 큰손은 성혜 그룹의 큰손이기도 하다.

예전에 민호가 성혜에 투자하라고 할 때, 통 크게 많은 주식을 샀다.

그때 사놓은 주식으로 인해서 그의 자산은 더욱 불어났다.

아직은 팔 생각이 없었다.

아니 계속 가지고 있는 게 나을 성 싶었다.

오늘 재권에게 긴급 총회가 있다고 듣고, 혹시나 변수가 생기면 응원하기 딱 좋을 만큼 주식을 보유했다.

어차피 경영자가 주식을 많이 가지고 있든, 주식을 많이 보유한 사람들이 경영자를 밀어주든, 똑같은 이야기다.

일순간 재권은 안재현과 종로 큰손 등 대주주의 비호를 받는 상황.

이렇게 되면 임시로 성혜 그룹을 맡지 못할 이유가 없었다.

"역시 큰놈 카리스마가 대단해. 어렸을 때부터 저놈이 대장이었어."

"그래요?"

"응. 다른 녀석들도 똑같이 욕심 있었는데, 저 녀석을 어떻게 이겨 먹겠어? 여하튼 핏줄은 속일 수 없어. 큰놈도… 그리고…."

종로 큰손은 이제야 소개받고 중앙에 나가서 자리한 재권을 보며 말을 이었다.

"막내 녀석도 말이야."

민호의 눈에 종로 큰손의 눈가가 촉촉해지는 것 같았다.

예전에 종로 큰손의 과거에 대해서 들은 적이 있었다.

성혜 그룹의 창립자인 안판석과의 관계.

물심양면으로 종로 큰손이 독립하도록 도왔다고 한다.

종로 큰손은 대한민국의 지하금융에서는 첫손에 들기까지 안판석의 도움이 컸다고 늘 말했다.

금전적으로도…

그리고 정신적으로도…

당연히 그의 자식들이 성공하는 게 그의 감성을 건드릴 수밖에 없었다.

아무튼, 그의 이야기를 들으며 민호도 시선을 정면으로 옮겼다.

그의 눈에 당당히 안재현의 옆에 선 재권이 보였다.

이제는 긴장하는 빛을 보이지 않는 그.

격세지감이라고 해야 하나?

예전과는 다르게 그는 전혀 떨지 않는 목소리로 좌중을 보며 인사하기 시작했다.

"신임 부회장, 안재권입니다. 부족하지만, 당분간 성혜 그룹을 이끌게 되었습니다. 긴말 하지 않겠습니다. 몸을 낮추고 여기 계신 분들과 상의한 후에…."

분명히 안재현과 다른 색깔이었다.

하지만 확실히 같은 빛깔이었다.

안판석의 얼굴도 보이는 것 같았고, 안재현의 카리스마도 스며든 것 같았다.

심지어 착각인지 모르지만, 민호 자신의 모습까지 투영되어 보였다.

민호의 얼굴에 웃음이 그려졌다.

✤

오늘 긴급 총회는 성공적이었다.

사실 이걸 기획하고 추진한 안재현을 대단하게 보고 있었다.

다시 한 번 배웠다.

총수로서 어떻게 일을 추진해야 하는지…

아마 이번의 경험은 민호의 앞날에 큰 가이드 라인이 될 가능성이 높았다.

그래서 운전대를 잡은 민호의 얼굴에 진지한 표정이 솟아 나왔다.

그러다가 룸미러를 통해 뒷자리를 보았다.

지금은 종로 큰손과 함께 과천으로 내려가는 길.

종로 큰손의 그림자 이우혁이 개인적인 일이 있어, 민호가 대신 그를 과천 자택으로 데리고 가는 중이었다.

그를 두고 혼자만의 생각에 빠져 있다는 걸 깨달은 민호는 잠시 분위기를 전환할 겸 농담하나를 던졌다.

"결혼 언제 하십니까?"

시작은 역시 종로 큰손 놀리기였다.

그런데…

"글쎄다."

"헐…."

미국에서 온 할머니, 이복순 여사.

현 킹 그룹 회장의 어머니인 그녀를 잠시 장난의 화제로 삼았는데, 진지하게 대답하는 종로 큰손이었다.

순간적으로 당황한 민호는 룸미러로 뒤를 보았다.

표정이 온화해진 종로 큰손이 자신을 바라보고 있었다.

"장난 아니신 거죠?"

"장난은 아닌데… 유정이가 어떻게 받아들일지 몰라서 걱정이다. 그리고 걔가 지금 임신해서 민감한 시기이니 함구해야 해. 사실 이 말은 우혁이 말고, 너한테 처음 하는 거다."

"헐… 진짜… 진심이시네."

처음에는 놀란 표정, 그다음에는 미소를 지으며 종로 큰손을 룸미러로 잠깐잠깐 훔쳐봤다.

딸이 알까 봐 조심스러워하는 말투.

그러나 자신에게는 알리고 싶었나 보다.

어쩌면 나중에 해결법을 제시해달라는 요청일 수도 있었다.

"제가 나중에 잘 말해볼게요."

"에이… 그러면 쓰나?"

"아닙니다. 저… 아시잖아요. 밑밥 좀 깔고, 혼자 외로워하시는데 짝이 있어야 한다. 그 필요성으로 살살 재권이 형을 꼬시는 거죠. 형수 님이 재권이 형 말이면 꼼짝도 못 하니 너무 걱정하지 마세요."

"내… 내가 무슨 걱정을 했다고. 그나저나 그 녀석이 유정이를 그렇게 휘어잡을 줄은 난 몰랐어."

민호는 그 이유를 알고 있었다.

간단히 말해서 종로 큰손도 재권과 찜질방을 가면 바로 그 비밀을 알 수 있을 텐데…

그것까지 이야기할 수 없고, 어쨌든 그 말을 하면서 약간 쑥스러워하는 종로 큰손의 얼굴을 보니 기분이 좋았다.

황혼의 사랑을 맞이한 표정.

그도 그만의 인생이 있으며, 그 나이의 사랑이 알츠하이머 치료에 큰 도움이 되어줄 거라는 예감이 들었다.

그때 종로 큰손이 흐뭇한 표정으로 민호에게 말을 꺼냈다.

"내가 알고 있는 지인들이 있는데… 그 사람들에게 재미 있는 이야기를 들었다."

"뭔데요?"

종로 큰손의 지인들이 누군지 민호는 알고 있다.

그와 마찬가지로 현금을 통해서 지하 금융을 관장하던 사람들이다.

그들도 종로 큰손처럼 나이가 많아 점점 일선에서 물러나 만남을 가진다는 이야기를 종종 그에게 들었다.

당연히 흥미로울 수밖에 없었다.

"요즘 재계에 네 마리의 용이 싸운다고. 그중 하나가 너더라. 그래서 말했지. 그놈은 아직 이무기라고."

민호는 귀로 그 이야기를 들으면서 미소를 지었다.

그 역시 지금 종로 큰손이 하는 이야기를 들은 적이 있었다.

네 마리의 용.

자신을 포함해서 안재현과 재권 형제, 그리고 방정구를 그렇게 칭한다고 얼마 전에 강성희에게 들었다.

"잘됐네요. 전 방정구랑 동일 선상에 있고 싶진 않았는데. 차라리 이무기 하고 맙니다. 하하하."

라이벌은 자신을 성장하게 한다.

민호는 그 말을 믿고 있었다.

그러나 방정구는 아니었다.

차라리 네 마리의 용 안에 현재 두바이에서 활약하고 있는 종섭이 포함되어야 한다고 생각했다.

반칙도 선이 있는데, 방정구는 너무 많이 넘어섰다.

짜증 날 정도로…

✤

총회가 끝나고, 안재현은 회장실에서 재권에게 업무에 대한 인수인계를 시작했다.

"…그래서 에너지와 화학 쪽은 크게 신경 쓸 필요는 없어. 문제는 백화점인데…."

재권은 가만히 그의 이야기를 듣고 있었다.

그러다가.

"가면서 이야기하죠."

"……."

"병원이요. 오늘 입원하시는 거잖아요."

재권의 말에 잠시 하던 이야기를 멈춘 안재현.

놀랍게도 그의 얼굴에 미소가 스쳤다.

"네가 데려다 준다…."

"네. 제가 운전할게요."

"그럼 보호자는 너로구나."

재권은 잠시 생각하다가 고개를 끄덕였다.

'보호자' 라는 말이 그의 머리에 들어왔다.

생각보다 더 무거운 의미였다.

환자 자체가 가벼운 사람은 아니었으니까.

다만 잠시 후 차 안에서.

무거웠던 평소의 모습을 날려버리기라도 하는 걸까?

안재현은 계속 그에게 말을 걸었다.

물론 인수인계 때문이었다.

병원에 도착할 때쯤 그의 말이 끝났는데, 그때 재권이 입을 열었다.

"불안하십니까?"

"……."

"걱정하지 마세요. 할 수 있습니다."

안재현의 눈에 이채가 솟아올랐다.

불안하다?

사실을 말하자면 그렇다. 살짝 불안했다. 그렇지 않다면, 그건 거짓말이다.

그러나 방금 재권이 한 말 덕에 그 불안함의 절반이 사라지고 있었다.

그리고 주차장에 차를 세운 후 하는 말을 듣고 나머지 절반이 사라졌다.

"대신 전 형님과 다릅니다. 형님처럼 하길 바라신다면, 성혜 그룹을 잠시 맡길 사람을 잘 못 뽑은 겁니다. 제가 잘하는 건 지켜보는 것, 남의 이야기를 듣는 것, 그리고 조용히 밀어주는 거니까요."

다시 한 번 자신의 입가에 미소가 스치는 걸 느꼈다.

너무 많이 웃는다.

평소의 자신과는 다르게.

사람이 죽을 때가 되면 달라진다는데… 혹시…

차에서 내리면서 안재현은 드디어 불안감의 정체를 알았다.

재권이 회사를 잘못 운영할까봐 불안한 게 아니었다.

회사에는 어차피 신지석도 있고, 이용근도 있으며, 정 안되면 민호가 도울 게 확실했다.

다른 부문장과 계열사 대표들 역시 뛰어난 사람들로 인선해 놓았다.

갑자기 무슨 일이 발생할 가능성은 없었다.

불안한 건 단지…

"내가 죽을까 봐."

"……?"

"그게 불안한 거였어. 사실은… 네가 불안하지는 않다."

그 말을 하고 바로 병원 입구를 향해 가는 안재현.

잠시 안재현이 한 말을 되새긴 후에 재권이 뒤를 따랐다.

그러면서 하는 말.

"죽지 않으실 겁니다."

"……."

"현진이가 보고 싶어 하거든요."

현진? 그게 누굴까?

안재현은 자신이 알지도 못하는 사람을 말하는 동생에게 물어보려고 했다.

그때 귀에 들리는 말.

"형님 조카요. 곧 태어날 제 아들이요. 그 아이는 보셔야
죠."

HOLIC : 그의 직장 성공기

218회. 살려주십시오.

태명일까? 아니면 미리 이름을 지어놨을까?

입원 수속을 마친 안재현의 머리에 아까 재권이 던지고 간 이름 하나가 계속 머물렀다.

그는 자식을 두지 못했다.

늘 냉정하기만 한 그는 신기하게도 아이를 좋아한다.

여자 형제들이 낳은 자식들, 즉, 그의 조카들에게도 그는 가끔 다정한 외삼촌이 되곤 했다.

그러다가 후계 작업 때 소원해지기는 했지만.

'현진이라…, 안현진….'

다시 한 번 그 이름을 속으로 되뇌어봤다.

현진 앞에 있는 성씨 '안.'

처음으로 성이 안 씨인 조카를 갖게 되었다.

물론 아직 그 아이는 세상의 빛을 보지 못했다.

이제 6개월. 그의 상식으로 약 4개월이 지나면 그에게 성이 안 씨인 조카 한 명이 생긴다.

그는 자신도 모르게 얼굴에 미소가 생기는 걸 깨달았다.

이럴 수가!

갑자기 태어날 조카가 보고 싶다니.

확실히 세상은 더 살아갈 가치가 있었다.

얼마 후에 자신의 몸에 행해질 수술 따위.

그것만 넘기면, 새로 태어날 조카의 얼굴을 볼 수 있었다.

마음이 한층 가벼워졌다.

❖

한편, JJ 그룹 회장실에서.

갑작스레 터진 성혜 그룹의 긴급 총회를 듣고 방정구와 방용현, 장규호가 모였다.

그들의 얼굴은 심각했다.

늘 기업을 운영하는 데 목표하는 지향점이 있다.

방정구의 최종목표는 글렌초어의 후계자가 되는 것이다.

만약 그가 그 목표를 이룬다면, 그에게는 '최'라는 수식어가 꽤 많이 붙을 것이다.

최연소 글렌초어 후계자, 최초의 동양인 후계자 등등…

심지어 한국은 최초로 글렌초어의 본사가 되는 영광을 누를 수 있다.

당연히 나라와 국민이 자신에게 감사해야 한다고 생각했다.

물론 목표를 이루게 되면 말이다.

그는 자신이 있었다. 한국에 오기 전에 지금까지 목표로 한 것을 이루지 못한 적은 단 한 번도 없었기 때문이다.

어쨌든, 그 원대한 목표를 이루기 위해 설정한 1차 목표는 성혜와 글로벌을 잡는 것이었다.

설마 그들이 아버지를 곤경에 빠트리고 비참하게 만들어서?

그 복수의 일환으로 그들을 사냥하려는 계획을 세운 것일까?

물론 그 의도가 전혀 없다고는 말하기 힘들었다.

그러나 본질적으로, 그리고 감각적으로 방정구는 느꼈다.

자신의 성공에 걸림돌이 될 사람들.

그들이 바로 안재현과 김민호라는 걸.

그가 보는 세상은 약육강식의 세계였고, 강자만이 살아남는 곳이다.

최고는 단 한 명.

그 자리를 공유할 생각은 그들도 없고, 자신도 없다고 생각했다.

그러므로 그들을 제거하지 않으면, 절대 자신의 야망을
실현할 수 없었다.

그 때문에 그는 앞으로의 계획에 전면 수정이 불가피하
다고 생각했다.

사실 수정은 살짝 하고 있었다.

성혜와 글로벌이 점점 한편이 되어가는 걸 본 이후로, 스
카이 그룹과 손을 잡기 시작했을 때가 그 시작이었다.

문제는…

"안재현이 수술이라."

"그렇다는군. 이거 참… 전혀 예상하지 못한 일이야."

방정구의 혼잣말과 같은 소리를 들은 후에 장규호가 바
로 혀를 찼다.

그 모습을 보며 방용현이 말했다.

"아니 왜 혀까지 차나? 잘 된 일 아닌가? 이렇게 된 거
암 걸려서… 죽으면 아주 좋을 텐데… 말이야."

다른 사람의 생명에 대한 말을 함부로 내뱉는 방용현.

그는 자신을 쫓아낸 안재현에게 증오만 남았다.

원래부터 마음이 좁은 사람이었다.

그 유전자가 방정구에게 그대로 전해진 게 문제였다.

다만 방정구는 일의 경중까지는 제대로 체크했다.

"지금 당장 죽는 건 우리에게 도움이 안 됩니다."

"왜지?"

"잘못하면 스카이 그룹이 밥숟가락을 꽂을 수 있어요.

차라리 천천히 죽어주는 게 좋죠. 이왕이면 우리가 하나씩 하나씩 먹으면서 촛불 꺼지듯이 천천히… 아주 천천히 요."

그 말을 할 때 방정구의 얼굴에서 잔인한 웃음이 떠올랐다.

그래서 그 표정을 본 두 사람은 잠시 말이 없었다.

그때 방정구는 장규호에게 물어봤다.

"대장암 3기면 어느 정도의 생존 확률인가요?"

"나도 궁금해서 확인해봤는데, 그게 A, B, C에 따라서 다르다네. 만약 A이면 성공확률이 꽤 높고, B면 절반, C면 죽을 확률이 높지."

"한 번 알아봐 주세요."

"그렇게 할게."

"그리고 천천히 죽을 방법은 없는지도… 궁금하니까… 혹시 알아보실 수 있다면, 알아봐 주세요."

"그… 그럴게."

장규호는 흠칫 표정을 굳혔다.

막상 대답은 했지만, 천천히 죽을 방법이라니.

그 방법을 알면 직접 실행에 옮긴단 말인가?

그럴 수 있다고 생각했다.

그가 아는 방정구는 충분히 그러고도 남았다.

그래도 자신에게 그 일을 시키지는 않겠지.

그 생각으로 찾아낸 것.

저녁에 그는 방정구의 전화번호를 눌렀다.

(네, 아저씨.)

"아까 말한 거 있잖아. 특히, 수술 후에 환자가 달고 있
는 거…."

(링겔 말씀하시는 거죠?)

"뭐… 그런 거지. 어쨌든 거기에 노르에피네프린이나 도
파민. 아니면 KCL. 이런 약물의 양을 조금씩 주입하면, 바
로 죽지는 않는다고…."

말끝을 흐린 장규호.

그는 솔직히 불안했다.

이렇게 무모하고 허술한 답변을 그에게 하다가 기분을
건드릴까 봐.

그런데…

(좋은 방법이네요.)

"……."

(그럼… 부탁드릴게요.)

허술하든, 무모하든 상관이 없는 것처럼 보였다.

어쨌든 자기 손으로는 절대 하지 않을 테니까.

역시 이놈은 위험한 인간이었다.

✤

안재현을 병원에 입원시킨 재권.

그가 긴급 총회로 부회장에 오른 다음 날 오전에 회장실로 찾아온 사람 하나가 있었다.

정확히는 여자였는데, 그녀가 바로 안하나였다.

오만한 눈길. 예전에 분명히 재권에게 당한 적이 있었는데도, 그녀는 재권을 여전히 무시했다.

그래서 쏘아보는 눈길에는 경멸이 담겨 있었다.

"네가 그 자리에 앉을 자격이 된다고 생각하니?"

"누나보다 낫죠."

"뭐라고?"

"그 말씀 하시려고 오신 거라면… 첫째, 시간 낭비하지 말라고 말씀드리고 싶고, 둘째, 제 기분을 건드리다가는 지금 쥐고 있는 택배 회사마저도 지탱하지 못할 거라고 경고해 드리겠습니다."

부르르.

분노 하나만으로 몸을 떠는 것은 아니었다.

그녀는 보았다.

자신의 큰 오빠의 모습이 재권에게 겹쳐져 나타나고 있는 것을.

커도 너무 많이 컸다. 그의 말마따나 택배 회사 하나라도 건사하기 위해서는 가만히 있는 게 상책이었다.

알아보니 현재 재권을 건드리기는 쉬운 일이 아니었다.

놀랍게도 대주주들이 모두 그를 지지하고 있었다.

역시 안재현의 영향력은 아직도 대단했다.

따라서 현재는 웅크리는 게 현명한 방법.

대신 자존심을 방어하기 위해서 아무 말 없이 팩 돌아선 그녀였다.

문을 쾅! 하고 닫는 것도 잊지 않았다.

그때 안하나는 자신을 바라보는 비서실 직원들을 보았다.

신지석을 포함해서 그들은 곧바로 시선을 돌리며 자신들의 일에 열중하는 척했다.

그녀는 선글라스를 고쳐 썼다.

비록 비서실을 나올 때 고쳐 쓴 선글라스 때문에, 그녀의 눈 안에 있는 동공은 보이지 않았지만.

'회장님이… 그동안 호랑이를 키웠구나….'

문가에 귀를 대고 들은 신지석은 잘 알고 있었다.

여우가 호랑이를 보고 꼬리를 말았다는 사실을.

잠시 후 그의 전화기가 불이 났다.

기자들의 전화가 끊임이 없었기에.

결국, 그는 기자회견을 열어야만 했다.

벌떼처럼 몰려든 기자들.

그들이 앞다투어 보도할 수밖에 없는 이유가 있었다.

재계 순위 5위.

최근에는 4위까지 바싹 위협하고 있다던 성혜 그룹의 회장이 대장암 3기라고 발표했기 때문이다.

"대장암 3기라고요? 3기도 A, B, C가 있다고 들었습니다."

"수술 성공 가능성은 어떻습니까?"

"누가 집도하는 건가요? 원래 안재현 회장님의 주치의는 육인섭 교수님으로 알고 있는데, 수도 대학 병원에 입원하셨다면…"

신지석은 얼굴을 찡그렸다.

기자들의 수많은 질문에 일일이 대답하기 힘들었기 때문이다.

"자세한 답변은 나중에 해드리겠습니다. 저는 회장님께 가야 해서. 그럼 이만."

계속 매달리는 기자들을 뿌리치고 신지석은 병원으로 향했다.

잠시 후 병원에 도착한 신지석.

그곳에는 그의 눈에 익은 얼굴이 둘 있었다.

그 사람들이 바로 재권과 민호였다.

그리고 또 한 명이 찾아왔다.

이번에는 얼굴만 알고 많은 교류를 하지 않은 사람.

한국대학교의 위장관 권위자.

고인이 된 안판석 회장의 주치의이자, 현재 안재현의 주치의인, 육인섭 교수였다.

그는 들어오자마자 난감한 얼굴로 안재현을 바라보며 입을 열었다.

"안 회장, 이 봐. 왜 여기서… 음….."

육인섭 교수는 무슨 말을 하려다가 끝마치지 못했다.

잘못 말하면 수도 대학 병원의 수준을 낮추어 말할 수도 있었고, 환자에게도 불안감을 줄 수 있었기 때문이다.

그런데 그 말을 되받는 건 안재현이었다.

"여기가 설마 안 좋다고 말씀하시려는 겁니까? 그럼… 이곳으로 와서 수술해 주시면 되잖아요."

"그… 그런….."

말도 안 되는 소리를 하지도 말라고.

그렇게 말하고 싶었다.

그러나 입에서 꺼낼 수 없었다.

이미 몇 차례나 안재현은 수도 대학 병원으로 자신을 초빙하려 했었는데, 그때마다 거절한 게 머릿속에서 떠올랐다.

어쩌면 그때…

자신이 승낙했다면, 안재현은 수술에 동의했을까?

갑자기 그런 생각이 들면서 그는 고개를 끄덕였다.

"알았어. 안 회장, 자네 말대로… 이쪽으로 올 테니까, 나한테 꼭 수술받아."

안재현은 웃었다. 옆에 있던 민호 역시.

곧이어 웃음을 멈춘 안재현의 입에서 진지한 목소리가 흘러나왔다.

"최고 대우 약속해드리죠. 그러니까….."

"……."

"반드시 살려주세요."

육인섭은 드디어 안재현의 눈빛에서 살려는 의지를 엿보았다.

그리고 고개를 돌려 민호를 보았을 때, 이제야 알았다.

민호가 약속한 것.

반드시 안재현을 설득하겠다는 그 말.

지금 지켰음을.

고맙다는 눈빛을 보낸 것은 당연하다.

더군다나, VIP실을 나가는 그를 뒤쫓아온 민호는 이렇게 말했다.

"아마 바로 한국대학교를 나오기는 쉽지가 않을 겁니다. 그런데 제가 알아보니, 협력교수라는 방식으로 수도 대학에 참여하실 수 있으시더라고요. 물론 내년부터 가능하겠지만, 일단은 빨리 처리하고 이번 수술을 할 수 있는 최소한의 자격이 있으려면…."

"걱정하지 마세요. 제가 알아서 하겠습니다."

이미 알아볼 대로 알아본 민호에게 육인섭 교수가 미소 지었다.

어차피 자신이 수술을 제대로 할 날이 몇 년 남지 않았다고 생각했다.

사실 한국대학교에서도 자신이 후배들의 길목을 막는 것은 아닌지 몇 번이나 고심했었다.

그때마다 이사장이 잡고 놓아주지를 않았지만, 이제는 그 자리를 물려줄 때가 되었다.

그리고 새롭게 수도 대학 병원에서 시작하는 것도 나쁘지 않아 보였다.

그래도 자신의 나이와 닮은 가방을 들고 나올 때는 꽤 아쉬움이 들었다.

그래서 그런지 자꾸 차의 사이드 미러를 보게 되는 육인섭 교수.

캠퍼스의 정문이 보이지 않게 되어서야 비로소 수술할 안재현을 떠올렸다.

안판석의 죽어가는 모습과 겹쳐 보였다.

그는 가속기를 힘주어 밟았다.

이번에는 반드시 살리겠다고 생각하면서…

HOLIC : 그의 직장 성공기

219회. 재권이 가장 잘하는 것

며칠이 지났다.

비상경영체제가 가동되었던 성혜 그룹은 약간 뒤숭숭해 지고 있었다.

처음에 안재현의 카리스마에 압도되었던 그들은 재권에 게 협력하기로 마음먹었었다.

그러나 안재현의 수술 날짜가 다가오면서 많은 중역의 심리 상태가 불안해졌다.

"회장님을 임시로 대체할 수는 있지만, 만약 회장님이 돌아가시기라도 한다면? 그럼 어떻게 해?"

"그러게. 그렇게 되면 갑자기 온 부회장이 위기를 헤쳐 나갈 수 있을까?"

"난 아니라고 생각해. 겉보기에도 순둥이처럼 생겨가지고는… 지금 회장님하고는 완전히 달라."

"그래도 글로벌을 실질적으로 성장시켰던 사람이라던데?"

삼삼오오 모여서 틈만 나면 이런 이야기를 나누는 중역진들.

이미 글로벌에서 능력을 보여준 재권이었기에 처음에는 그 이야기가 먹혔다.

물론 민호가 훨씬 더 많은 일을 했지만, 그 자리를 펴준 것도 재권이었으니, 이 또한 그의 능력이라고 볼 수 있었다.

그렇지만 글로벌과 성혜는 달랐다.

"그래도 보여준 게 없잖아. 글로벌과 성혜는 달라."

"그리고 실제는 김민호가 다 꾸려갔지, 부회장은 그냥 허수아비였다는 소문도 들었어."

일파만파.

불신의 고리가 심해지는 상황.

가까이에 있는 신지석이야, 재권이 범상치 않다고 생각했다.

지난번 안하나가 왔을 때, 변했던 그의 모습은 확실히 전임 회장이었던 안판석의 모습도 엿보였으니까.

그러나 멀리 있는 중역들의 불안한 마음마저 달래기는 힘들었다.

그게 살짝 아쉬워서 신지석은 기회를 닿을 때마다 이렇게 말하곤 했다.

– 호랑이의 동생은 역시 호랑이였다.

그러나 직접 보지 않으면, 믿지 않는 엘리트 집단이 바로 대기업 간부들 아니던가.

하긴 신지석도 재권의 옆에서 멀리 떨어져 있었다면, 그들과 비슷한 판단을 내렸을 것이다.

이럴 땐 차라리 계열사를 둘러보고, 사람들을 만나는 게 좋으련만, 재권은 회장실에 틀어박혀 아무것도 하지 않았다.

가끔 각 부문의 수장들이 가지고 온 결재서류에 사인만 하는 정도가 그가 하는 일의 전부였다.

안재현이 수술하고 나서도 꽤 오랫동안 회복기간을 거쳐야 할 텐데, 만약 불신감이 높아지면 문제가 생길 거라는 예감이 들어서 이용근에게 상의하러 간 신지석.

이용근은 꽤나 냉정한 눈빛으로 역삼각형의 아래쪽 끝 턱을 문지르며 이렇게 말했다.

"그러게요. 저도 살짝 걱정됩니다. 거기다가 저는 신 실장님이 말씀하신 호랑이 동생 이론을 완전하게 동감할 수는 없네요."

"그게 무슨…."

"새로운 사업 계획을 결재받으러 갔을 때, 고민하시더라고요. 회장님이셨다면, 금세 힘을 실어주셨을 텐데…. 듣기로는 예전에 꽤 결단력이 없었다고…."

어디서 그런 소문을 들었는지 모르겠지만, 같은 이야기를 신지석도 들었다.

인간의 마음은 참으로 간사하다더니, 재권이 가만히 있자, 신지석도 살짝 의심이 들기 시작했다.

그래서 노크하고 회장실에 들어갔다.

"무슨 일이십니까?"

자신을 보며 웃는 재권.

확실히 이럴 때는 사람들의 이야기처럼 호랑이가 아니라 순둥이였다.

아니 어쩌면 이게 진짜 모습일지도 몰랐다.

"저… 계열사 정도는 돌아다녀 보시는 것도… 나쁘지는 않다고 생각합니다. 그리고 새롭게 추진하는 사업들도… 검토해보시고 괜찮으면 추진하는 건 어떨지, 이 실장이 지금까지 손댄 것은 손해 보지 않아서요."

"그런가요?"

"네, 혹시나 더 설명이 필요하시면, 제가 이 실장한테 부탁해서…."

"아니요. 그러실 필요는 없습니다."

재권은 그의 말을 중간에 잘랐다.

그리고 슬슬 변하는 눈빛.

기대했다. 그 눈빛에서 잠재력이 터지기를.

그런데 찰나의 순간, 불꽃이 새겨졌던 눈빛이 지워지고 다시 온순한 얼굴로 이렇게 내뱉었다.

"제가 가만히 있는 게… 성혜를 돕는 길입니다."

"……."

"그리고 그게 제가 가장 잘하는 일입니다."

상대를 어리둥절하게 하는 답변.

그러나 재권은 진실로 믿고 있었다.

자신이 제일 잘하는 게 가만히 지켜보는 거라고.

사실 그게 아무것도 안 하는 게 아니었다.

가만히 있으려면, 상황을 인지해야 하는 건 필수.

그는 며칠 밤을 새워가면서 성혜 그룹에 대해서 파악하고 있었다.

이 상황에서 새로운 사업을 추진한다?

자신의 역량 이상을 펼치려고 하는 짓이었다.

그럴 바에야 하나라도 더 파악하는 게 우선이었다.

저녁 식사를 같이 할 겸 민호에게 조언을 구하는 것도 이 때문이었다.

"사람들이 불안해하는 거 같아. 하하."

"누가요? 성혜 그룹 중역들이요?"

"응."

그럴 수밖에 없다고 민호는 생각했다.

그러나 지금 재권의 대처는 훌륭했다.

자신이 만약 재권이라면 물론 다른 방식으로 접근했을 것이다.

흔히 말하는 '사기 캐'가 민호 자신이었다.

아무나 할 수 없는 압도적인 방식으로 그들을 설득했으리라.

더구나 성혜에는 브레인 이용근이 있었다.

그와 자신이 손을 잡는다면, 충분히 기업의 지형도까지 단시간 내에 바꿀 수 있을 것이다.

하지만 지금은 민호 역시 글로벌의 일을 처리하느라 바쁜 상태였다.

최근에는 박상민 회장이 이제 세대교체의 시기라는 말까지 하며, 슬슬 발을 빼려고 한다.

"그래도 지금 잘하시는 겁니다. 에고, 저는 자꾸 회장님이 물러나시겠다는 말씀을 하셔서…."

"응?"

"지금 상황을 아무리 말씀드려도 이제는 때가 되었다며, 형님 다시 복귀하시면 회장 자리에서 물러나시겠답니다."

"그건 안 되지. 난 아직 부족한데."

역시 재권의 장점은 자만 없는 겸손이다.

요즘은 때때로 과감함도 보여주지만, 공격성보다는 방어에 최적화된 인물이었다.

그가 가만히 있는 이유도 간단했다.

능력 있는 사람에게 판을 깔아주려는 의도.

비록 이용근의 청을 잠시 보류했지만, 그것은 파악하기 위한 보류라는 것을 민호는 잘 알고 있었다.

문제는 사람들이 모른다는 점이었다.

위기가 닥쳐야 재권의 능력이 보일 텐데, 일부러 위기를 불러오기도 그렇고…

"조금만 참으십시오. 아마 시간이 해결해 줄 겁니다."

민호라고 뾰족한 수가 있는 것은 아니었다.

"응. 난 괜찮아. 이제 병원에 가자."

내일 안재현의 수술이었다.

그게 걱정되었는지, 저녁 식사도 먹는 둥 마는 둥 하며 민호를 재촉하는 재권.

그 마음을 느낀 나머지 운전하는 민호의 발에 힘이 들어갔다.

❈

한편, 안재현을 찾아온 신지석은 살짝 망설인 끝에 이야기를 꺼냈다.

"각 부서 중역들이 살짝 불안해하고 있습니다."

그 말을 듣자 뱀눈이 번뜩였다.

누가 안재현을 암환자라고 부를 것인가.

그는 입꼬리를 살짝 말아 올리며 이렇게 말했다.

"왜? 재권이가 아무 일도 안 하고 있다고 뭐라고 하나?"

"…그렇게….."

"이렇게까지 직접 말을 하지는 않았지만, 축약하면 그 이야기잖아. 안 그래?"

"……."

대답하지 못했다.

그러나 긍정하는 것이나 마찬가지였다.

사실 속으로 좀 놀라서 아무 말 하지 못하는 것도 있었다.

역시 안재현이야말로 자신의 회장이라고 생각했다.

그가 아프기에 더 충성심이 생겨나다니!

신기한 일이었다.

더 신기한 일은 안재현의 입에서 나온 말이었다.

조금 전 자신의 이야기를 다 듣고 나서 나온 재권에 대한 최종 평가는…

"잘하고 있는 거다."

순간적으로 귀를 의심했다.

그래서 입을 열어 다시 질문하는 우를 범한 신지석.

다시 묻는 것을 안재현이 싫어한다는 걸 알면서도 입을 열었다.

"네?"

"잘하고 있는 거라고. 안 봐도 뻔해. 이 실장은 새로운 사업을 밀어 넣고 있고, 다른 쪽 계열사들은 하반기 예산을 올려야 하는지 말아야 하는지 고민하고 있겠지. 본사에서는 어수선한 분위기이고…."

안재현은 보지도 않았는데, 정확히 현재 상황을 마치 그 자리에 있었던 것처럼 말했다.

그래서 그의 이야기가 끝났을 때, 신지석의 얼굴은 놀라움을 가득 품고 있었다.

"그런데 말이야. 오히려 불안해하면서도 더 철저히 살피지 않나? 뭔가 빠진 게 있는지, 아니면 재권이가 대충 결재한 것 없는지…."

"그… 런 것 같습니다."

"같습니다. 가 아니라, 확실히 그래. 결국, 한 번 더 꼼꼼히 확인하기 때문에 큰 사건이 없는 거지. 그리고 지금으로서는…."

"……."

"아무 사건이 없는 게 오히려 더 좋은 거다."

안재현이 그렇다면 그런 거다.

이제 신지석의 마음도 동화되어 버렸다.

안재현의 생각을 이해한 것이다.

하나씩 따지고 보니 현재 재권이 잘하고 있는 건 모르겠지만, 못 하고 있지도 않았다.

꼼꼼하게 결재하며, 있는 듯 없는 듯 자리를 지킨다는 것.

그렇게 함으로써 계열사 대표들과 중역들이 더 철저히 결재서류를 살펴서 올린다.

한 가지 아쉬운 것은 이용근이 계획하는 새로운 사업들인데.

괜히 새로운 사업을 하는 건 오히려 나중에 복귀할 안재현에게 부담을 줄 수도 있었다.

"거기다 안하나… 고것을 대한 것을 듣고 나는 확신했다."

"……."

"내가 없어도 재권이는 잘해낼 수 있을 거 같다고."

"회… 회장님!"

그 말까지는 아니었다. 참을 수 없다는 듯이 신지석의 입에서 당혹감이 쏟아져 나왔다.

그러자 바로 웃는 안재현.

"그냥 그렇다는 거다. 괜히 앞서나가지 마라. 내가 설마 죽기라도 할까봐."

"그게 아니라 불안해하고 있는 겁니다. 암환자가 죽음을 자꾸 입에 담으면 누구라도 신 실장님과 같은 반응이죠."

안재현은 문을 열고 들어오는 민호를 보았다.

그 뒤에 같이 들어오는 재권과 함께 웃고 있었다.

그들의 표정을 보며 안재현도 입가에 미소를 그려넣었다.

"여전히 훈장질이야. 어린 게…."

"죄송합니다. 어린놈이 싸가지 없이 계속 참견해서."

"맞아. 넌 참견하지 마라. 너네 회사나 잘 챙겨. 설마 재권이한테 감 놔라 배 놔라 하는 건 아니겠지?"

"그러면 어떻습니까? 어차피 재권이 형은 돌아올 사람인데, 성혜의 약점을 다 파악하고 오라고 말까지 했습니다. 하하하."

당당히 스파이 질을 하라고 말했단다.

그 말에 신지석은 인상을 찌푸렸지만, 안재현은 웃는 표정을 지우지 않았다.

민호가 그럴 리가 없었고, 실제 그랬더라도 어쩔 수 없다고 생각했다.

아픈 게 죄 아니겠는가.

그 표정을 보며 재권도 한마디 거들었다.

"사실 그래서 내일부터는 계열사도 돌고 다른 중역들한테 좋은 모습을 보이려고 합니다. 혹시 압니까? 나중에 그분들 중 몇 명이 나중에 글로벌에서 일할지."

점입가경이다.

이건 대놓고 회사를 완전히 다 파악하고 나중에 스카우트의 손까지 뻗친다는 이야기나 다름없었다.

신지석은 아까 했던 말을 취소하고 싶었다.

재권에게 계열사도 돌고 중역들도 만나서 불안함을 달래달라고 제언한 것.

그때 재권이 이렇게 마무리했다.

"생각해보니… 내일은 형님 수술이군요. 에이, 어쩔 수 없이 옆에서 지켜봐야겠네요. 하하하."

이제야 그가 빈말했다는 걸 알아차린 신지석.

그리고 민호와 재권의 표정을 보고 또 하나 감지한 것.

최대한 밝은 얼굴과 밝은 이야기를 하려고 노력한다.

이제야 그는 실수를 깨달았다.

내일은 안재현의 수술이다.

걱정을 안기지 말았어야 했다.

갑자기 부끄러워지는 기분이 들었다.

수술 전후 과정을 설명하기 위해서 육인섭 교수가 들어오지 않았다면, 그 부끄러워하는 표정을 들킬뻔했다.

그렇게 다가온 수술.

신지석은 오늘 병실에서 밤을 새우기로 마음먹었다.

최근 갑자기 생기는 충성심은 자기 자신도 주체할 수 없었다.

홀릭
HOLIC : 그의 직장 성공기

220회. 수술 전에 만난 사람들

이른 아침부터 구름이 많이 내려앉았다 싶더니만, 결국
비가 내리고 말았다.

원체 어두워서 태양은 찾기도 힘들고, 날은 밝아왔는지
도 모르겠다.

시간을 보니 8시를 가리키고 있었다.

수술이 임박한 시점.

시계를 보던 안재현은 시선을 다시 돌리며 창밖을 바라
보았다.

지금 이 시점에서 가장 많이 떠오르는 사람을 하나씩 가
슴 속에 여미고 있었다.

어제는 그의 여동생 안하나가 다녀갔다.

– 오빠, 이게 뭐야? 이 지경이 되도록, 왜? 왜, 나한테 말 안 했어?

그녀는 왜 숨기고 있었느냐고 원망하듯이 질질 짰다.

그게 가짜 울음이라는 것을 그는 알고 있었다.

틈을 봐서 재권이 회사에서 아무 말도 하지 않는다고 욕까지 하고 갔으니 말이다.

그 전날 찾아온 안수연의 그것과 매우 비슷했다.

그러다가.

마지막에는 안재열이 러시아에서 부랴부랴 오고 있다는 소식을 듣고는 얼굴을 찌푸렸다.

자신의 동생 중에 가장 생각이 없는 녀석이었다.

웬만하면 오지 않는 게 훨씬 스토리가 잘 흘러갈 텐데.

지금까지 찾아오지 않는 걸 보면 무슨 일이 있는 걸 수도 있겠지만.

어쨌든 나중에 살아서 만나면 되는 일이었다.

상념의 상념을 거쳐서 드디어 마지막에 드는 질문.

'살 수 있겠지?'

갑자기 두려움이 솟구쳤다.

재권과 민호의 얼굴이 떠올랐다.

그들에게는 오지 말라고 했다.

아마 그들도 자신이 왜 오지 말라고 했는지 잘 알 것이다.

약한 모습을 보이기 싫었다.

그렇다. 솔직히 말하면, 그는 죽음이 두려웠다.

그런데 더 두려운 것은 두려워하는 모습을 누군가에게 보이는 것이다.

물론 세상일이 모두 그의 맘대로 되지 않았다.

문을 두드리는 소리에 시선을 창으로부터 떼었을 때, 열고 들어오는 사람 하나가 있었고, 그의 눈에 이채가 담겼다.

그리고 이채는 곧 경멸로 바뀌었다.

"왜 왔지?"

"할 말이 있어서요."

들어온 사람은 그의 아내, 최수련이었다.

신지석까지는 남길 것 그랬나 보다.

보고 싶지 않은 사람을 막기 위한 최소한의 장치가 있었어야 했는데…

"내가 들을 말은 단 하나야."

"그 말을 해주려고 왔어요."

그녀의 목소리는 자신의 그것만큼 무미건조했다.

그래서 이번에는 눈꼬리가 올라갔다.

자신이 듣고 싶은 말을 해주러 왔다?

그럼.

"이혼… 할게요."

"……!"

예상하지 못한 말이었다.

어떤 의미에서는 꽤 다행이었다.

그녀가 버티면 아주 오랜 싸움이 될 수도 있었는데, 생각보다 일찍 수그리고 들어왔다.

혹시 자신이 그녀의 불륜과 그에 따른 결과물(?)을 공개할까 봐 겁이 나서였을까?

그럴 수도 있었다.

비록 최수련은 이렇게 말을 이어갔지만.

"수술하기 전에 후련하게 해주고 싶었어요. 이게 제가 당신에게 해줄 수 있는 마지막 일이네요. 그럼…."

"……."

"…이제… 우리… 다시는 보지 마요."

마지막에 다시 보지 말자는 칼 같은 말.

다행히 별로 상처가 되지는 않았다.

고개를 끄덕이는 듯 마는듯하며, 시선을 다시 창가로 돌렸다.

비는 아까보다 더 세차게 떨어지고 있었다.

그녀가 나가는 소리를 들으며 조용히 생각했다.

'과연 다시 볼 수 있을까?'

수술 후에 살아서 다시 보지 않기를 바란 건 그녀뿐만 아니라 자신도 마찬가지였다.

그래도 인연을 정리하니 그녀의 말마따나 속이 살짝 편해졌다.

딱 한 가지 불편한 것은 자신의 어머니를 보지 않았다는 점.

정신병원까지 찾아가고 싶지 않았다.

'어머니는… 수술 끝마치고 건강해져서 만나야겠군.'

그런데 그를 찾아오는 두 번째 여자에 그는 진짜로 당황하고 말았다.

❦

오전 8시 30분.

성혜 그룹 앞에서 테이크 아웃 커피를 마시며 재권은 민호에게 말했다.

"그동안 계속 말렸는데, 어머니가 꼭 가시겠다고 말씀하셔서 이번에는… 어쩔 수 없었어."

"가는 게 옳은 일일 것 같아요."

"그래도… 어머니도 몸 안 좋은 거, 너도 알잖아."

"알죠. 그래도…."

재권의 어머니, 김상순 여사가 가겠다는 것.

민호는 당연히 해야 할 일이라고 생각했다.

물론 복잡한 집안일은 그가 간섭할 바가 못 된다.

잘 풀렸으면 하는 마음은 언제라도 있었다.

"그나저나 두 시간 반 후에 수술 시작이네요."

"그러게. 휴우… 아무리 말렸어도 가봐야 하는 게 옳은 일이었나?"

"아니에요. 안 가는 게 오히려 회장님을 위한 일인 것 같습니다. 자존심 센 양반인데, 수술 후의 모습도 안 보여 주겠다고 하시니… 전화나 자주 하죠, 뭐."

"흐음…."

재권은 침음성과 함께 가지고 있던 커피를 마지막으로 목에 넘겼다.

어차피 대장암 3기는 수술 후에도 항암치료가 동반된 다.

그렇게 되면 지금의 안재현은 꽤 다른 모습으로 바뀔 수 도 있었다.

몇 개월이 지나면 점점 예전 모습을 찾겠지만, 그때까지 는 별장에서 그림을 그리겠다는 말을 했다.

사람들이 있으면 방해된다고 말하던 어제.

자신들의 설득에 수술 결정을 내렸으니, 그 정도는 배려 해야 한다고 말하는 민호의 조언에 고개를 끄덕인 게 지금 와서 살짝 후회되었다.

그때 민호의 강한 말투가 귀에 들어왔다.

"기다려야죠. 그동안 우리는 우리 할 일 하면서."

고개를 끄덕인 재권.

자신의 어머니까지 찾아간다는 말에 마음이 복잡했다.

그런데 지금 민호의 조언에 그 맘을 추스르게 되었다.

문득 성혜 그룹의 빌딩을 올려다보았다.

하늘에서 비가 내리는 가운데, 굳건히 서 있는 이 빌딩은 안재현을 연상시켰다.

다시 복귀할 때에 이곳은 왕의 귀환을 맞으리라.

그때까지 자신이 잘 지키겠다고 다짐하며 민호를 보았다.

"늦었다. 출근해야지."

"네, 그럼 먼저 들어가세요."

⚜

한참을 지나도 김상순은 자신만 지켜볼 뿐 아무 말도 하지 않았다.

물론 추정이다. 선글라스를 끼고 있어서 그녀의 동공이 정확히 자신을 바라보는지 알기 힘들었다.

사실 안재현 역시 마찬가지다.

속으로 생각했다.

그녀 역시 자신이 수술하기 전에 속이라도 후련하게 해주려고 온 것일까?

그의 기다리던 의문을 풀어주는 목소리가 들려왔다.

"그렇게 나한테 욕을 해대더니, 아주 잘 되었구나."

"……"

"결국, 그 양반도 대장암으로 가더니…."

재권은 잠자코 그녀의 목소리를 듣고 있었다.

마음을 후련하게 해주는 내용과는 정반대의 것이 계속 흘러나왔다.

"어쩌면 재권이에게는 하늘이 내린 기회겠지? 네가 수술실에 들어가서 돌아오지 않으면, 그건 운명이겠거니 생각하렴. 우리 재권이가 그룹을 이어받아야 하는 숙명. 너희 형제자매들이 나한테 해왔던 욕과 무시했던 눈빛에 대한 보답이라고…."

"……."

"나는 생각할 테니…."

"나가주시죠."

재권은 얼굴을 굳히며 말했다.

그녀의 말을 더는 들을 수가 없었다.

기분이 나빠서가 아니다.

어쩌면 저렇게 재권과 닮았을까?

특히, 연기력 면에서는 둘 다 빵점이었다.

한 가지 다른 점은 선글라스를 쓰고 왔다는 것.

자신에게 눈빛을 보이면 들킬까 봐 선택한 것인데, 손끝이 떨리는 것까지는 숨길 수 없었으리라.

"기분 나쁘지? 그렇겠지. 하지만 꼭 생각해라. 재권이가 네 자리에서 네 아버지와 너처럼 사람 부리는 모습을. 열받지? 그럴 거야. 당연히 그래야지."

이제 속으로 한숨까지 나온다.

어쩔 수 없었다.

"그만 입 닫고 나가 주시지그래? 누가 내 자리를 넘봐? 그럴 일 없어. 난 절대 안 죽을 거니까. 살아서 당신들 모자

(母子)가 내 눈앞에서 무릎 꿇고 싹싹 빌게 만들 거야. 이렇게 찾아와서 잘되었군. 아주 잘 되었어. 당신 때문에 살려는 의욕이 더 생기니까. 나가! 여기서 빨리 나가!"

그녀가 원하는 목적이 달성되었다.

아니 그렇게 보일 것이다.

역시나 그녀는 냉정한 척 뒤돌아서며 병실을 나갔다.

아마도 자신을 자극하는 방법이 성공을 거두었다고 자평하겠지…

그러나 그게 성공하려면 자신이 그녀를 알아왔던 세월 동안 착하게 살지 말았어야 했다.

그녀가 미웠지만, 더 모질게 할 수 없었던 이유는 그야말로 착했기 때문이다.

그녀 역시 자신을 지켜봐 오면서 자신을 이렇게 자극해야, 살려는 의지를 이끌어낼 수 있다고 생각했겠지.

피식.

웃음이 났다.

이래저래 정신병원에 계신 어머니만 불쌍하다.

어머니를 위해서 김상순과 재권을 파멸시키려고 생각했었는데…

⁂

수술 시간이 다가왔다.

수술실로 옮겨지면서 지나가는 천정을 보는 안재현.

시선이 그곳에 있지만, 머릿속으로는 아까 찾아왔던 두 여인을 떠올렸다.

생각해보니 전자는 거짓말을 하고 간 것만 같았다.

이혼해준다니? 언제? 자신이 수술하고 어떻게 될지 모르는데…

하려면 더 일찍 했었어야 했다.

어쩌면 누군가의 협박에 못 이겨 왔을 수도 있다고 생각한 그의 머리에 잠시 민호의 얼굴이 생각났다.

엘리베이터에서 내려 수술실로 들어가는 동안은 김상순에 대해 생각을 했다.

그녀는 늘 자신에게 말했다.

미안하다고.

뭐가 그렇게 미안한지 눈물까지 흘리면서 항상 자신에게 사과하곤 했다.

사실 그녀보다 아버지한테 들었다면 더 좋았을 것을.

아니 이제 그런 건 모두 상관없다.

아버지도 김상순도 이해하지 않겠지만, 그냥 세상 흘러가는 대로 놓아두는 게 낫겠다는 생각이 들었다.

그 와중에 도착한 수술실.

"마취합니다."

라는 목소리가 들렸다.

이제 곧 의식을 잃겠지…

불안한 마음이 자신의 귀에 속삭였다.

죽을지도 몰라.

지난번 육인섭 교수가 한 말이 떠올랐다.

– 바라크루드 계속 먹고 있지? 그것 때문에 피가 좀 나올 거야.

바라크루드는 그가 먹고 있던 치료약이었다.

간에 관련된 것인데, 예전에 술을 많이 먹었기에 좋지 않았던 간 치료를 위해서 꾸준히 복용해 왔었다.

문제는 그게 피의 순환을 도와준다는 점이다. 그것도 정도 이상으로.

너무 걱정하지는 말라고 육인섭 교수가 이야기는 했지만, 그래도 불안한 것은 사실이다.

갑자기 아버지가 보고 싶었다.

자신과 같은 기분이었을까?

갑자기 형제자매들이 보고 싶었다.

지금이라면 다 용서해줄 것 같았다.

수술이 잘못되어 떠나기 전에 그들의 죄를 다 사하노라.

그런 말을 하고 싶었는데…

자신도 모르게 피식 웃음이 났다.

그리고 그게 그가 잠들기 전 마지막으로 취한 얼굴 표정이었다.

＊

   수술을 앞둔 안재현의 표정에 미소가 담겨 있는 걸 지켜보며 오히려 육인섭 교수의 어깨가 가벼워졌다.

   늘 그의 표정없는 얼굴만 보아왔다.

   그런데 정작 수술을 앞둔 상황에서는 이렇게 미소를 지을 줄이야.

   그의 얼굴이 고인이 된 안판석의 얼굴과 겹쳐 보였다.

   그러자 육인섭 교수의 얼굴에도 미소가 번질 수밖에 없었다.

   이제 시선을 들어 다른 의사들을 바라보았다.

   오늘 그의 수술을 돕는 이들 역시 수도 대학 병원에서 뛰어난 외과의사들이었다.

   눈빛을 빛내며…

   육인섭 교수는 그들을 향해 입을 열었다.

   "자, 시작하겠습니다. 잘 부탁합니다."

   그의 목소리에 강한 의지가 실려 있었다.

HOLIC : 그의 직장 성공기

221회. 코마

　육인섭의 시작하겠다는, 그리고 잘 부탁한다는 말에 고개를 숙이는 퍼스트와 세컨드 어시스트.

　그들은 오랜만에 그 위치에 서서 육인섭 교수의 수술을 돕게 되었다.

　이윽고 시작된 수술.

　3D 화면을 보며 육인섭 교수는 환자의 옆에 있는 로봇 손을 움직였다.

　로봇을 이용한 복강경 수술이다.

　원래 가슴부터 배 아래까지 절개하는 개복수술까지 생각 했는데, 생각보다 대장암의 위치가 괜찮았다.

　안재현의 빠른 회복을 위해서는 차라리 복강경 수술을

선택하는 게 좋다고 판단한 육인섭 교수.

국내에서 복강경 수술을 자신보다 더 잘하는 사람은 없었다.

다행히 안재현이 수도 대학 병원에 최신식 의료 장비를 선사했다.

지금 그가 사용하는 로봇은 한국대학교 병원 것보다 더 좋은 최신형.

복강경 내부가 좀 더 선명하며, 수술 안정성이 훨씬 높다.

그래도 대상은 자신이 아끼던 사람이기에 긴장은 필수.

미세한 로봇 팔의 움직임이 암세포를 떼어내기 시작했다.

거기다가 잠시 후 절제부위에서 나오는 피의 양이 장난이 아니었다.

"피가 멈추지 않는군요."

"역시 바라크루드의 복용이…."

퍼스트 어시스트의 말을 세컨 어시스트가 받았다.

그들의 눈빛에 긴장이 잔뜩 담겼다.

수술 대상이 문제였다.

안재현은 수도 대학 병원의 이사장이다.

만약 작은 실수로 그의 생명에 문제라도 생긴다면…

그 결과는 끔찍했다.

그래서 긴장할 수 밖에 없는 건데…

"괜찮습니다, 저 정도는… 지혈제 준비해주세요."

"네, 선생님."

피가 멈추지 않고 나오는 만큼, 그들의 움직임도 빨라졌다.

육인섭은 정수리가 뜨거워지는 것을 느꼈다.

❧

김상순 여사는 병원을 떠난 게 아니었다.

아니 떠날 수 없었다.

안재현이 수술실로 들어가는 모습까지 다 눈에 담았다.

그에게는, 그리고 그의 다른 형제들에게 정말 미안하고 또 미안했다.

그래서 그가 수술실 안으로 들어간 후에 기도하기 시작했다.

기도가 하늘에 닿아 제발 안재현을 살려주기를 바랐다.

그때 누군가의 목소리가 들렸다.

"엄마…."

얼굴을 들었다.

그녀의 눈에 들어온 하나밖에 없는 아들, 재권.

"방금 들어갔다."

"그래요?"

"응. 방금 들어갔어. 걱정돼…, 그리고 후회도 돼… 차라리 용서를 빌걸…."

오랫동안 안재현을 지켜봤다.

그의 성장 과정을 보며 느꼈다.

안재현은 자극해야 삶의 의욕을 불태운다는 사실을.

그러나 또 그녀답지 않게 모질게 말하다 보니 지금 후회가 들기 시작했다.

만약 저러다가 수술실에서…

무슨 일이 잘못되기라도 하면, 그렇게 되면 천추의 한을 남길 텐데…

"잘 될 거예요. 대장암 3기. 요즘은 암도 아니래요. 그리고 육 교수님, 실력 아시잖아요. 그것보다는… 엄마나 **빨리**…"

재권은 그녀를 위로하며 말을 잠시 멈추었다.

그리고 꺼내지 못한 말을 다시 꺼냈다.

"언제 수술하실 거예요?"

"말했잖니? 곧, 곧 한다고. 재현이 수술하고 나서… 그러고 나서 하겠다고."

재권은 고개를 끄덕였다.

지난번 검진받은 그녀의 위에 아주 작은 종양이 자라고 있었다는 소식.

처음에는 충격이었지만, 육인섭 교수는 말했다.

조기 위암.

내시경 수술로도 제거할 수 있다고.

그런데 먼저 몸을 만들어놔야 한다는 말도 추가했다.

"그럼 오늘 입원 수속 하죠, 이렇게 된 거…."

"……."

"차라리 잘됐네요. 제 걱정거리 두 개가 다 없어지잖아요."

끄덕끄덕.

김상순 여사의 고개가 아래위로 끄덕여졌다.

하지만 발걸음을 뗄 수 없었다.

현재 수술실에서 사투 중인 재현을 생각하니 더더욱.

다시 한 번 눈을 감고 그를 위해 기도했다.

✤

결국은 못 참고 와버렸다.

재권은 말렸으면서 왜 자신은 여기에 온 것일까?

이유를 절대 알 수 없었다. 앞으로도 모를 가능성이 높았다.

누군가 민호를 하늘이 내린 천재라고 부르지만, 정작 그는 감정에 자주 휘말린다.

예전에 적이었던 사나이의 수술에 심장이 뛰는 것만 봐도 알 수 있었다.

사실 회사에서는 일이 손에 잡히지 않았다.

그래서 왔는데…

"너도 왔구나…."

수술실이 있는 2층 엘리베이터가 열리자 재권이 눈앞에 보였다.

씨익 웃으며 그에게 말했다.

"형님도…."

"어머니도 입원해야 해서… 일단 병실로 모시고 들어갔는데, 자꾸 내려오신다고 해서, 말리느라고 혼났다. 불안하신가 봐. 그리고… 사실… 나도…."

"……."

"꽤 불안하단 말이야."

그럴 만도 했다.

안재현의 암과 나중에 들은 김상순 여사의 암.

걱정거리가 중첩되니, 재권의 고심이 꽤 작지는 않았으리라.

그걸 견뎌내는 그가 자랑스러웠다.

그래서 애써 미소를 지으며 그를 격려하는 민호.

"전 불안하기보다는 수술 마친 모습이 보고 싶어서요. 나중에 놀려야죠. 하하하."

작은 웃음소리가 조용한 공간에 울려 퍼질 때, 수술실 앞에 있던 간호사가 그들을 향해 외쳤다.

"조용히 좀 해주세요. 그리고 원칙적으로 수술실 앞 대기는 불가능합니다."

"아… 네, 죄송합니다."

미안한 듯이 재빨리 사과하는 재권.

민호는 궁금한 표정으로 그에게 속삭이듯이 물었다.

"수술실 앞에서 대기하면 안 되는 거였어요? 드라마 보면 많이 하던데…."

"응. 현실과는 달라. 다른 병원은 모르겠지만, 내가 간 병원은 다 이랬거든. 사실 환자의 감염 여부나 수술진의 집중도를 위해서는 이게 낫지…."

"아…."

"거기다 어차피 여기 있어봤자 소용은 없어, 좀 있다가 수술이 끝나서 회복실로 가는데… 형 얼굴 보려면 꽤 시간 걸릴 거거든."

이제야 알겠다는 듯이 민호가 고개를 끄덕였다.

생각해보니 자신보다 재권의 경험이 더 많은 것 같았다.

하긴 돌아가신 안판석 회장도 한 차례 수술했다고 들었다.

그게 재발해서 결국 항암치료를 동반하며 세상을 떠났지만, 그 경험은 고스란히 재권의 머릿속에 남은 모양이었다.

"아무튼… 밥이나 먹으러 가자."

"네, 형님."

식사 후에도 세 시간이나 지났다.

수술 시간이 생각보다 길어져서 불안함이 싹텄다.

경험이 없는 민호가 먼저 물어본 것은 당연한 일이었다.

"원래 이렇게 시간이 오래 걸리나요?"

"나도 모르겠어. 예전 아버지 때에는 이것보다 빨랐던 거 같은데…, 아무래도 피가 많이 나오나? 저번에 육 교수님이 형이 먹는 간 약 때문에, 피가 많이 나올 거라고… 음… 갑자기 걱정되는데…."

재권은 민호의 질문에 초조한 듯이 대답했다.

그 모습을 보며 민호는 다시 한 번 핏줄의 위대함을 느꼈다.

둘은 비록 이복형제지만, 나름대로 정을 쌓았다.

한쪽은 차갑게, 다른 한쪽은 따뜻하게.

매우 신기한 일이었다.

어쨌든, 자신의 질문 덕에 그의 불안감을 자극한 모양이다.

화제 전환할 겸 궁금한 것을 묻는 민호.

"두 분이 어떻게 자랐는지 참… 궁금해요."

"그래? 나도 사실 뭐라고 말 못하겠어. 진짜 구박을 많이 한 쪽은 다른 형제들이고, 그냥 재현이 형은 차가웠어. 예전에 내 핸드폰에 별명으로 저장했잖아. 그 모습 그대로였어."

마왕.

안재현을 저장한 이름이었다.

과연 그는 부활할까?

잠시 후 재권의 스마트폰이 울렸다.

보호자의 스마트폰과 연결되어서 수술 전후 과정이 메시지로 오게 되어 있었다.

혹시 그게 아닌가 싶어, 살짝 긴장한 모습으로 메시지를 보는 재권.

마찬가지로 결과를 기다리는 민호에게 이렇게 말했다.

"수술이 끝나서 회복실에 있다는군."

"아, 잘됐네요."

일단 민호는 수술이 끝나고 회복실에 있다는 것 자체가 긍정적인 신호로 받아들였다.

"그럼 회복실로 가면 되나요?"

"아니, 회복실에서 이쪽으로 형을 이동시킬 거야. 그 이전까지는 절대 들어가면 안 돼. 두 시간 정도 걸린다고… 대신 육 교수님께 가자."

수술이 끝났다는 것은 잘 마무리되었다는 의미다.

그럼에도 불구하고 재권은 꽤 불안한 것 같았다.

정체를 알 수 없는 불길한 예감.

그것이 병실에서 나와 육 교수에게 가도록 발걸음을 재촉했다.

민호도 역시 그의 뒤를 바짝 쫓아갔다.

하지만 그의 발걸음이 멈춘 이유.

스마트폰이 울렸기 때문이다.

"형님, 먼저 들어가세요. 저, 전화 좀 받고 갈게요."

"응."

잠시 멈추고 통화버튼을 누른 민호.

뒤도 안 돌아보고 가는 재권의 모습에 고개를 살짝 저으며 수화기에 말했다.

"여보세요."

(대장, 오늘 오전 도착한 안재열이… JJ 그룹으로 들어갔어요.)

"……!"

인상을 썼다.

민호의 머릿속에 여러 가지 시나리오가 떠올랐다.

그것도 매우 안 좋은 쪽으로.

"알겠습니다. 일단 계속 지켜봐 주세요."

(예썰!)

전화를 끊은 민호.

재권의 뒤를 따라 육인섭 교수를 만나러 가는 동안, 안재열이 취할 행동에 답을 생각했다.

정말 아이러니했다.

핏줄의 반만 섞인 재권은 이곳에서 안재현의 회복을 지켜보며 전전긍긍하고 있는데, 완전히 섞인 안재열은 형이 아닌 방정구를 택했다.

이것만 봐도 굳이 형제끼리 피를 나눈다는 것.

그게 큰 의미를 가지지 않을지도 모른다고 생각했다.

실제로 민호도 재권에겐 이제 친형제 이상의 감정을 지니고 있으며, 최근에는 안재현마저도 그 비슷한 느낌이 들었다.

그래서 재권과 함께 육인섭 교수에게 수술이 성공적으로 끝났다는 이야기를 듣자마자 기분이 좋아졌다.

물론 재권이 먼저 나서서 질문을 해대고 있지만…

"그래요? 그럼 이제 바로 회복되는 겁니까?"

"아니야, 그렇게는 바로 안 돼. 일단 상태를 지켜봐야 해. 장 조직 일부를 떼어서 검사 중이고, 약 3일 정도 그 결과가 나와. 그 결과에 따라서 항암 치료의 기존 약을 쓸지, 신약을 쓸지, 아니면 병행해야 할지 정해지지."

"그렇군요. 그래도 복강경 수술이라 금세 회복된다고 생각했는데…."

"그렇다고 바로 일어나나? 내가 무슨 염라대왕도 아니고, 하하하."

민호의 눈에 육인섭 교수의 웃는 모습이 보였다.

저렇게 환한 웃음을 지는 것 보니 안심해도 될 수준인 것 같았다.

당연히 재권도 민호도 얼굴에 그와 비슷한 미소를 지을 수밖에 없었다.

그들은 안재현이 회복되는 동안 여러 가지 주의사항을 같이 들었다.

듣는 동안 재권은 다 기억하기도 힘들어서 필기도구를 찾았지만, 민호는 그 모든 사항을 머릿속에 집어넣었다.

한 번에 여러 기능을 할 수 있는 머리를 굴리는 민호.

지금은 기억과 동시에 조금 전 러시아에서 돌아온 안재열에 대해서, 그가 벌일 일을 예측하고, 그 대책까지 굴리느라 아무리 좋은 머리라도 약간 뜨거워지기 시작했다.

그런데 그 뜨거움이 차갑게 식는 사건은…

"환… 환자가 의식에서 돌아오지 못하고 있습니다."

인턴인지 레지던트인지 모를 젊은 의사가 다급하게 뛰어와서 알리는 일이었다.

여기까지 와서 보고하는 걸 보면 안재현의 이야기가 틀림없었다.

아니나 다를까, 육인섭 교수의 얼굴이 급히 어두워졌다.

"잠시… 갔다 올게."

누구라고 말도 하지 않고 나섰지만, 그가 이 수도대학 병원에서 맡은 유일한 환자는 단 한 명, 바로 안재현이었다.

당연히 재권과 민호의 얼굴도 같이 어두워질 수밖에 밖에 없었다.

불길한 예감이 들고 있다…

HOLIC : 그의 직장 성공기

222회. 혹시…

보통 코마(의식불명)는 뇌와 관련된 수술에서 가끔 나타나는 현상이다.

그런데 아주 드물게 외과 수술에서도 발생할 수 있었고, 그게 바로 안재현의 경우였다.

"정확한 원인은 지금 파악 중인데… 아직은 잘 모르겠어."

"……."

"……."

육인섭 교수의 입에서 잘 모른다는 이야기가 나왔다.

민호는 재권의 얼굴에서 역장이 무너지는 심정을 느꼈다.

하긴 자신도 현재 답답함에 가슴이 먹먹한데, 피를 나눈 형제인 그는 어떻겠는가?

민호는 시선을 돌렸다.

누워 있는 안재현의 모습이 눈에 가득 들어왔다.

지금이라도 일어서서 그 시크한 미소를 날릴 것만 같은데…

"일단 시간이 더 필요해. 지금으로서는 원인이 뭔지 알아야 하거든. 우리도 최선을 다해볼게."

땀을 뻘뻘 흘리는 육인섭 교수의 목소리만 귀에 들어왔다.

결국, 지금은 답이 없다는 설명.

그것을 다 들은 후에 민호는 재권을 끌고 밖으로 나왔다.

"지금 이 상황이 밖으로 새어나가서는 안 되는 거 아시죠?"

"응? 응, 그렇지, 맞다. 네 말이 맞아."

"따라서 면회는 절대 금지입니다. 일단 제가 그거부터 조치해 놓을 테니까, 형님은 적당한 선에서 언론에 대장암 수술이 성공적이라고 밝혀주세요."

"그래, 알았다."

정신이 살짝 나가 있는 상태였다.

그래서 처음 자신의 말을 들었을 때, 잠시 텀이 있었던 상황.

그래도 이제야 다 이해하니 다행이었다.

민호는 그 나름대로 해야 할 일이 있었다.

그건 바로 안재열과 안하나 등, 직계 가족의 동향이다.

그들이 면회라도 오면, 현재 안재현의 상태는 다 들키고 만다.

특히, 안재열은 무슨 꿍꿍이속인지 자꾸 방정구의 회사에 들락날락 거렸다.

러시아에서 귀국한 지 만 48시간이 가까워졌다.

단 한 번도 친형의 면회를 오지 않았다면 떠오르는 생각은 안타깝게도 배신이다.

또한, 방정구와 야합하여 기습적인 무언가를 날릴 수 있었다.

그 부분에 대해서도 재권에게 언질했다.

"고맙다, 민호야."

"뭐가요?"

"그냥… 다…."

재권의 목소리에 담긴 감정이 전해져 왔다.

그러자 민호의 얼굴에 미소가 담겼다.

"예전에 형이 저한테 말한 적이 있죠. 제가 형제처럼 느껴진다고. 저도 마찬가집니다. 형이 형제처럼 느껴져요. 어떨 때는 그 이상으로. 그러니까…."

"……."

"형의 형도… 제 형입니다."

최수련이 이혼한다는 이야기를 꺼내자마자 최승현은 잠시 던질 것을 찾고 있었다.

"고… 고정하십시오, 회장님!"

"비켜! 놔, 안 놔?"

"제발, 회장님! 아가씨, 빨리 나가세요! 빨리요!"

그녀도 상황파악을 할 줄 아는 여자였다.

하지만 자세한 내용을 알지도 못하고 저렇게 화만 내는 아버지가 싫었다.

사실 그녀는 아버지에게 어렸을 때부터 많이 맞았다.

하고 싶은 것을 못하게 하려고 최승현이 선택한 것은 늘 폭력이었다.

시선을 돌리니 재떨이가 눈에 보였다.

병원 VIP 병실에 있어야 할 물건이 아닌데, 이게 왜 여기에 있는 것일까?

그곳으로 이동하는 그녀.

조용히 재떨이를 손으로 집어들었다.

그녀의 앞에서는 말을 잊은 비서와 최승현 회장이 그녀를 지켜보았고…

"자요…."

"……"

"던지세요. 그리고 꼭 여기를 맞추세요."

그녀가 가리키는 곳은 배였다.

그러자 황당한 눈빛을 한 최승현 회장을 향해 그녀는 계속 말을 이었다.

"아마 한 번 던져서 둘을 죽일 수 있을지 몰라요. 아니면 더 확실한 방법은 여기에 던지는 거죠."

이번에는 머리를 가리켰다.

독한 눈을 뜨면서.

"이… 이년이… 이제 미쳤구나… 미쳤어."

"맞아요. 저 미쳤어요. 미쳤으니까… 그냥 죽이세요."

"끙…."

결국, 최승현 회장은 어쩔 수 없다는 듯이 비서에게 눈짓했다.

비서가 그 신호를 알아듣고 병실 밖으로 나갔다.

그걸 지켜보며 그는 최수련을 향해 이렇게 말했다.

"조금만 기다려 봐라. 조금만… 응? 이혼을 말리지는 않으마. 다만 상황을 지켜보고… 알았지, 수련아?"

최수련은 한결 부드러워진 그의 목소리를 들었지만, 여전히 마음이 풀리지 않았다.

실제로 그녀는 죽고 싶었다.

그래서 그런가?

이제 하고 싶은 말을 다 내뱉었다.

"아버지한테 탈출하기 위해서 정략결혼까지 했어요. 처음에는… 행복했죠. 그이가 차갑기는 했지만, 폭력을 쓴

적은 단 한 번도 없었으니까요. 그렇지만… 그렇지만….”

이쯤에서 그녀의 말문이 막히기 시작했다.

울먹이는 목소리.

그러나 곧 그녀는 눈빛을 다시 독하게 만들며 말을 이었다.

“아버지는 늘 아이를 강조했어요. 아이가 있어야 한다. 아이가 있어야 한다! 그 녀석의 씨앗을 받지 못하면, 다른 씨앗이라도 받아서라도… 그 녀석의 아이인 것처럼… 그 녀석의 아이인 것처럼!”

목소리가 커졌다. 감정에 완전히 북받쳤다.

아이가 없는 삶은 언제나 그녀의 목을 옥죄었기에, 그 압박감이 지금 분출되었다.

“아직 기회는 있다. 그 녀석 동생도 똑같이 아이를 생산하지 못했어. 그러니까… 조금만 참아다오. 조금만….”

어이가 없다는 눈빛으로 최수련은 최승현을 바라보았다.

눈에는 이제 완전히 증오가 섞였다.

“후회… 해요. 아버지만 아니었다면… 아버지만 아니었다면, 그와 나름대로 행복하게 살 수 있었는데… 이깟 아이… 원하는 사람의 아이도 아닌데… 제가 낳을 거 같아요?”

독한 말을 내뱉는 최수련.

한숨을 내쉬며 유리창을 향해 서서히 걸어가는 아버지의 모습을 증오스러운 눈으로 바라보았다.

그러다가 최승현의 낮은 목소리를 들었다.

"미안하다… 이 애비가 정말 미안하구나….”

저게 연기라는 걸 아는데…

자신을 달래려고 하는 말인 걸 아는데…

다시 마음이 약해지는 이유는 무엇일까?

더구나 자신을 향해 다시 몸을 돌리는 그의 간절한 눈빛을 보니 마음이 계속 흔들렸다.

"수련아, 부탁이다. 조금만 참아다오. 일 년, 아니 몇 개월만 참아다오. 제발 부탁이다. 아비로서 처음으로 너에게 사과하고 부탁하는 거잖니?”

그 말을 듣고 한숨을 내쉬는 그녀는 결국 이렇게 말했다.

"저도 잘 모르겠어요. 과연 제가 버틸 수 있을지….”

❊

버티기는 정말 쉽지 않았다.

지금 만난 민호라는 사람은 어떤 의미에서 안재현보다 더 차가운 말을 내뱉었다.

"시간을 드렸는데, 아직도 진행한 게 없군요. 뉴스에 재밌는 기사가 뜨는 걸 보고 싶으신가요?”

부르르르.

몸을 떨었다. 괴로웠다. 정말로.

그녀의 아버지보다 더 무서운 눈빛을 하고 있었다.

그렇지만 속으로 마음을 한 번 더 다잡고 이렇게 말했다.

"진행한 게 없다니요? 병원에 찾아가 그이를 만났어요. 이혼하겠다고… 그렇게 말했고, 그이도 똑똑히 제 말을 들었어요. 그런 이야기 안 하던가요? 다시 가서 확실히 말해 줘요?"

"형님이 당신을 다시 보고 싶겠습니까? 헛소리하지 마시고… 저는 당신이 다른 생각을 한다고 보는데… 예를 들면, 언제라도 성혜 그룹의 재산을 분할 받지는 않을지, 당신 아버지에게 갖다 바치지는 않을지…."

꽤 노골적인 말이 그의 입에서 튀어나오자 그녀는 주변을 둘러보았다.

고려 호텔 VIP 라운지다.

아무나 들어올 수 없지만, 자신의 얼굴을 아는 사람이 존재할지도 모르는 일.

일부러 이런 곳을 선택한 것이 분명했다.

당당하지 못하니 재빨리 민호의 입을 막아야 했다.

혹시나 배 속에 있는 아기가 누구 씨앗인지도 말하는 것 아닐지 걱정이 되니까 말이다.

"굳이 그런 이야기를 여기서 해야 하나요?"

민호는 인상을 찌그렸다.

그녀를 노려보는 눈빛에는 불꽃이 새겨졌다.

"당신을 믿기 힘드니까. 차가운 척해도, 재현이 형님은 이런 일 직접 못 나섭니다. 내가 할 수밖에 없잖아요."

"이혼할게요, 이혼하면 되잖아요. 그이가 회복하면 당장에라도 병원에 찾아갈게요. 그이랑 같이 법원에 갈게요. 그러니까 제발…."

"좋습니다. 그럼 일단 제가 믿도록 가지고 있는 성혜의 지분을 모두 처분하세요. 물론 재권이 형한테요."

여기서 잠시 그녀는 생각했다.

아예 마지막으로 지닐 수 있는 최소한의 힘까지 앞에 있는 남자는 빼앗아 버리려고 한다.

거기다가 틈까지 주지 않았다.

"허어, 생각할 시간을 드렸더니 또…."

민호가 또 인상을 찌푸리며 목소리를 키웠다.

"아이의 성씨… 여기서 말합니까? 그러기를 바라는 거죠?"

"알았어요, 알았다고요."

안절부절못하는 그녀.

결국은 그의 요구대로 약속을 이행했다.

속전속결.

그녀가 가진 주식을 바로 회수하는 민호였다.

그러나 모든 일이 끝나고 그녀를 보내며 마음에 들지 않는다는 듯이 머리를 절레절레 흔들었다.

솔직히 이런 상황을 예측하기는 너무 힘들었다.

이혼하려면 숙려기간 후에 부부 둘이 반드시 참석해야 확정이 된다니!

언제부터 이렇게 어려워졌는가.

하긴 유미와 결혼한 후, 단 한 번도 '이혼'이라는 단어를 염두에 두고 있지 않았다.

이런 절차를 그가 알았을 리가 없었다.

지금 그녀와 안재현을 이혼시키려다 보니, 안재현이 참석 불가능한 조건이 생겨버렸다.

당연히 상황이 꼬였고, 잘못하다가는 앞에 앉아 있는 최수련이 성혜를 흔들 가능성이 생겨버렸다.

따라서 일단 미봉책을 사용해야 하는 상황.

자주 만나서 협박을 지속해야 그녀가 다른 생각을 하지 못할 것 같았다.

이제 한 가지 미봉책이 끝났다.

그런데 그다음에 할 일은 미봉책이 아니었다.

이게 좀 어려웠다.

바로 안재열을 만나는 일이었으니까.

'휴우….'

속으로 한숨을 내쉬는 민호.

원래 자기 일 이외에는 신경도 쓰지 않았다.

글로벌이 아닌 성혜의 일을, 안재현의 일을 이렇게 하게 될 줄은 상상도 못 했다.

스스로 자신의 행동을 합리화했다.

감정이 아닌 이성으로 움직이고 있는 거라고.

적의 적은 친구니까, 스카이와 JJ 그룹을 치기 위해서 같이 손을 잡은 거라고.

하지만 다음 날 아침 안재현을 보고 확실히 깨달았다.

이성이 아닌 감정으로 움직이고 있는 자신을 발견했다.

안재현이 누워있는 모습만 보면 이렇게 된다.

그에게 위해를 가하고 있는 적들을 응징하고 싶어하는 마음이 자신을 지배했다.

다행히 육인섭 교수가 들어오자 다시 이성적으로 바뀐 민호.

그를 향해 고개를 숙였다.

"좀 어떤지… 궁금해서 왔습니다."

"하아… 한숨밖에 안 나옵니다. 솔직히… 이런 제가 원망스럽습니다. 왜 못 일어나는지… 정말 모르겠습니다."

"……."

육인섭 교수의 목소리는 떨리고 있었다.

민호는 자신이 괜히 그를 괴롭힌 것은 아닌지 살짝 미안해졌다.

얼마나 속상하겠는가.

그가 안재현을 조카나 다름없이 생각한다는 걸 잘 알고 있었다.

자기 손으로 수술한 환자가 의식불명이 된다는 것.

더군다나 그게 평소에 정을 주고 있던 사람이라면 꽤 괴로울 것이다.

"죄송합니다. 제가 교수님을 괴롭히고 말았네요."

"아니요. 오히려 제가 감사하고 죄송합니다. 그리고 너무 걱정하지 마십시오. 안 회장… 아마 곧 일어날 겁니다."

육인섭의 말을 듣고 역시 또 한 번 느꼈다.

실력뿐만 아니라 인성도 괜찮았다.

신기하게도 저 말을 들으니 안재현이 반드시 일어날 것만 같았다.

환자의 보호자에게 저토록 확신을 주는 말이 어디 있겠는가.

육인섭 교수의 안정된 눈빛이 꽤 든든해 보였다.

안재현이 받은 충격만큼 그 역시 받았을 텐데, 그는 심지어…

"아뇨, 정말 감사합니다. 어머님 수술까지 집도해 주시다니, 정말 감사합니다."

수술 후에 안재현이 코마 상태에 있는데도, 재권의 어머니, 김상순 여사를 직접 자기 손으로 해냈다.

자기가 집도한 코마 상태의 환자를 두고 48시간 이내에 또 다른 환자를 수술한다?

그것도 재권의 어머니를?

이건 냉철해야 가능한 일이었다.

당시 민호와 재권은 솔직히 살짝 걱정했지만, 자기가 맡겠다고 주장하는 육인섭 교수를 보며 고개를 끄덕일 수밖에 없었다.

정말 정신력이 뛰어난 의사였기에 감탄하고 말았다.

어쨌든, 민호의 감사를 듣고 육인섭 교수의 눈빛이 아련해졌다.

"하아… 그분도 참, 우여곡절이 많으신 분이죠. 돌아가신 안 회장님 생각하며… 정말 최선을 다했습니다."

육인섭 교수의 눈이 살짝 젖어 들어가는 것처럼 보였다.

이번엔 또 풍부한 감성의 소유자가 되었다.

방금까지는 냉철하다고 생각했는데, 급하게 감정에 동화되는 육인섭.

그래서 이상했다. 약간 위화감이 느껴진 민호.

육인섭의 젖어 들어가는 눈에서 시선을 떼어 안재현을 바라봤다.

'혹시….'

민호의 눈에 한줄기 의혹의 빛이 지나갔다.

홀릭
HOLIC : 그의 직장 성공기

223회. 이제 일어서자

의혹을 풀기 위해 바로 무언가를 실천하기는 힘들었다.

누워있는 안재현을 흔들어볼 수도 없는 일이다.

그의 손가락에 연결된 메디컬 장비.

다만 연결된 모니터가 눈에 보였는데…

그것도 볼 줄 알아야 뭔가를 확인할 수 있었다.

그때 그의 귀에 다시 한 번 육인섭 교수의 목소리가 들려왔다.

"이제 어려운 게, 신체 활동은 점점 정상에 가까워지는데… 의식이 깨어나지 않으니… 휴우…."

민호가 모니터를 보고 있어서 해명하는 느낌이었다.

고개를 끄덕이는 민호는 재빨리 입을 열었다.

"뭐, 좋아지겠죠. 어쨌든 전 교수님을 믿습니다."

그 말을 하고 VIP 병실을 나왔다.

한 번 든 이상한 예감은 그로 하여금 주위를 살피게 했다.

VIP 병실에 최근 2년 동안 투자가 많이 된 상황이라, 민호가 가 본 그 어느 병원보다 깨끗하고 화려했다.

나오자마자 인사하는 사람들은 자신이 투입한 경호원들이다.

종로의 찌라시 공장에서 보내온 사람들로 민호 역시 그들의 얼굴을 잘 알고 있었다.

의사들은 보이지 않았지만, 몇몇 간호사들은 안정감이 있어 보였다.

가끔 돌아다니는 간병인도 꽤 조심스러운 움직임으로 '난 환자들을 정말 정성스럽게 살핀다.' 라고 얼굴에 쓰고 다니는 것처럼 느껴졌다.

이 모든 정상적인 광경에도 민호는 고개를 갸웃거렸다.

아무리 생각해봐도 지금 눈에 보이는, 이곳에 출입하는 사람들이 낯설었다.

그중 자신의 지시로 철통같이 경호하는 사람은 제외하고, 간호사들이 모두 바뀐 상황이다.

교대 인력이 있다고 하지만, 거의 매일 드나드는 민호였다.

저렇게 완벽히 바뀔 수 있을까?

확인해보지 않았지만, 어쩌면 의사도 육인섭 교수 이외에는 아무도 출입하지 않을 수도 있었다.

민호의 기억력은 거의 완벽에 가까웠다.

처음 안재현을 찾아왔을 때와 지금의 사람들이 완전히 180도 바뀐 것을 캐치 못 할 리가 없었다.

그래서 병원을 나오면서 고개를 갸웃거렸다.

뭔가 머릿속을 자꾸만 지나가고 있었다.

의혹과 예감.

그것에 몸과 맘을 기대는 스타일이 아니기에 더 건드리지 않고 나왔지만, 이상한 점이 그의 머리에 가득 들어왔다.

만약 자신을 부르는 목소리가 아니었다면, 뭔가 더 캐보려고 머릿속으로 계산했을 텐데…

"민호야."

일단 생각은 여기서 정지했다.

누군가 부르는 소리에 잠시 뒤돌아보았다.

어머니의 수술성공과 형의 코마 상태 사이에서 어떤 표정을 지어야 할지 모르는 재권이 그곳에 서 있었다.

"형한테 들렀다 오는 길이니?"

"네…."

고개를 끄덕인 재권.

그 역시 이른 아침 안재현에게 들렀다가 육인섭 교수에게 원인 모를 코마 상태에 대해 들었다.

그에게 미안하다는 말을 들었지만, 재권이 오히려 미안하고 고마웠다.

아이러니하게도 그는 내시경 수술에 완벽하게 성공하며, 어머니의 조기 위암을 곧바로 잡아낸 것이다.

어렸을 때부터 봐 왔던 주치의, 거기다 어쨌든 이번에 어머니까지 직접 집도해주셨다.

당연히 형이 일어나지 않는 걸 그의 탓으로 돌리며 원망할 수는 없었다.

"다른 가능성에 대해서 생각해봤어."

"다른 가능성이요?"

"수술할 때 들어가 있던 의사들. 또는 혹시 수술하기 전에 누군가 약 같은 걸 탔다면?"

"……."

"내가 드라마를 너무 봤나?"

민호의 표정이 이상야릇해지자, 그는 뒷머리를 살짝 긁었다.

그 모습에 민호는 얼른 대답했다.

"아니에요. 지금으로서는 모든 가능성을 열어두는 게 좋을 거 같아요."

"역시… 내 맘을 이해해주는 건 너뿐이다. 그럼 당시 약이나 수술실에 접근할 수 있는 사람들을 조사해볼게."

그 말을 듣고 민호는 강하게 고개를 끄덕였다.

물론 재권과 다른 의도로 그의 의견에 동의한 것이다.

모든 가능성을 열어둔다는 의미 안에는 코마 상태가 아닐지도 모른다는 생각 까지 해봐야 하니까.

"전 일단 들어가 볼게요."

"그래⋯ 그럼 나중에 보자."

오늘 해야 하는 일이 또 하나 있기에 민호는 잠시 작별을 고했다.

그게 바로 안재열을 처리하는 일이었다.

러시아에서 귀국해서 도대체 무슨 짓거리를 하는지 아직 파악되지 않았다.

강성희에게 조사해보라고 했지만, 과연 어디까지 알아올 지 미지수다.

그나마 결과가 나왔다는 그녀의 이야기를 듣고 그는 글로벌로 출발했다.

곧바로 13층 경제연구소에 들어갔다.

"오셨어요, 오라버니?"

그가 오자마자 따라붙는 강성희.

그놈의 오라버니는 절대 고칠 생각이 없나 보다.

성큼성큼 걷는 민호의 뒤에 사뿐사뿐 걷는 그녀의 모습이 묘한 조화를 불러일으켰다.

그러나 그들에게 주목하는 사람들은 없었다.

민호도 그들의 업무가 바쁠 경우 쓸데없이 격식 차리지 말고 일에 집중하라는 말을 자주 해왔었다.

최근 업무가 과중할 정도로 그들에게 배분되었다.

민호가 다른 일을 하느라 경제연구소의 구성원들에게 자기 일을 맡긴 것이다.

눈부시게 발전하는 글로벌 그룹만큼 일의 양 또한 기하급수적으로 늘어났다.

따라서 일부 신입사원을 제외하고 업무에 쫓기듯이 집중하는 사람들만이 경제연구소의 분위기를 후끈 달아오르도록 했다.

그들의 일하는 모습을 보면서 살짝 미소 짓는 민호.

소장실로 들어가서 자리에 앉아 따라 들어온 강성희를 바라보았다.

그녀는 지금까지 찾은 자료를 보고서로 만들어서 민호에게 건넸다.

"안재열이 러시아에서 꽤 호화롭게 지낸 거 같아요. 저택이며, 놀고 다니는 씀씀이가… 그의 연봉이나 가지고 있었던 자산으로 할 수 있는 규모가 아니었어요. 더군다나 뭘 계획했는지 모르지만, 뇌물도 잔뜩 상류층에 뿌린 자료를 확보했어요."

이번에도 민호는 그녀에게 어떻게 알아냈는지 물어보지 않았다.

알면 복잡하다. 그게 그가 내린 결론이었다.

다만 이 말은 꼭 건넸다.

"알겠습니다. 그런데… 항상 조심하셔야 하는 거 알죠?"

"당연하죠. 너무 걱정하지 않으셔도 돼요."

한 발을 뒤로 한 채 바닥을 계속 찧는 모습.

가끔 자신에게 칭찬받으면, 저런 소녀와 같은 이상한 행동을 한다.

당연히 민호는 더 보고 싶지 않았다.

"혹시 모르니까 그럼… 조금만 더 조사해주세요. 전 주신 이 자료를 가지고 생각 좀 해볼게요."

나가달라고 정중히 부탁하는 것이었다.

그 뜻을 알아듣고 인사를 하며 나가는 강성희였다.

남은 공간.

민호는 자료를 보며 생각해봤다.

제일 먼저 생각해야 하는 사람은 방정구였다.

그가 알기로 방정구는 필요한 사람과 손을 잡았다.

지금까지 파악한 바로는 글렌초어 가문의 두 라이벌 사이에서 등거리 작전을 쓰고 있는 게 확실했다.

필요한 만큼 그들에게 뽑아 쓰는 역량 자체는 훌륭했다.

거기다가 한국에서는 스카이 그룹과 손을 잡았다.

이제 성혜 그룹을 야금야금 먹기 위해서 안재열을 불러들인 것인데…

'안재열이 가진 것이라고는 약간의 지분이다. 그걸로는 경영권에 침도 바르기 힘들어.'

이상했다.

그 정도로 안재열과 손을 잡는 선택을 했다는 것이.

어쩌면 지금 러시아에서 안재열이 물 쓰듯이 쓰는 돈과 관련이 되어 있을지도 모른다는 생각이 들면서 갑자기 그의 머리가 환해지는 느낌이 들었다.

늘 가지고 다니던 노트를 꺼냈다.

몇 장을 넘기고 나서 〈안판석 회장의 유산〉이라고 쓰인 부분을 찾았다.

기억력이 좋은 민호도 언제나 대비해야 하는 게 있기에, 항상 기록을 소홀히 하지 않았다.

당장 적지 못하면, 나중에라도 노트에 기입하는 습관은 참 잘 길들여 놓았다.

지금도 마찬가지.

안판석 회장의 유산 밑에 그가 적어놓은 유산 분배 상황을 눈으로 훑었다.

〈안판석 회장의 유산〉

1. 안재현 – 알 수 없음. 그러나 스위스에 갔다 와서 흡수합병과 투자가 매우 활발해졌음. 현금이나 주식에 대한 유산으로 추정.

2. 안수연 – 과천에 있는 부동산.

3. 안재열 – 알 수 없음.

4. 안하나 – 알 수 없음.

5. 안재권 – 신약 특허 권리.

민호는 3번 안재열 뒤에다가 '러시아와 관련된 자산.' 이라고 적어놓았다.

왜 그동안 러시아로 가지 않았는지는 알 수 없지만, 확실히 러시아에 들어가서 쓰는 규모가 달라졌다는 것.

아마도 안판석의 유산과 매우 밀접하게 관련이 있으리라고 생각했다.

바로 이것이 그의 무기이며, 방정구와 야합하는 힘이었다.

여기까지 생각한 민호는 수화기를 들고 종로 큰손에게 전화했다.

(웬일이냐?)

"혹시 돌아가신 안 회장님이 러시아에 숨겨둔 재산 있었나요?"

(……)

민호는 웃고 있었다.

말이 없는 걸 보니 자신의 예상이 맞았다.

이미 눈치챘다고 생각한 종로 큰손도 이렇게 말했다.

(솔직히 나도 정확히는 모른다. 그런데 예전에 러시아 석유 쪽으로 투자하셨다는 이야기를 얼핏 들었어. 문제는….)

"……"

(투자한 곳이 러시아 마피아 쪽과 연루되어 많은 돈을 잃게 되었다는 말씀을 하셨는데, 나는 그때 위로했던 기억이나. 5년도 더 된 이야기야.)

"그렇군요. 알겠습니다. 그 정도면 되었네요."

일단 자신이 추론할 수 있는 많은 데이터가 머리에 들어오고 있었다.

민호는 아까 기록하던 것에 추가해서 써 놓았다.

3번 안재열 - 러시아산 원유.

❊

한편, 안재현이 코마에 있던 병원에서는 약간의 소란이 일었다.

안수연과 안하나가 찾아왔다.

그들은 언론을 통해 안재현의 수술 성공을 들었다.

그렇다면 다시 안재현에게 잘 보여야 하는 건 필수.

그 때문에 찾아왔는데, 그만 제지를 당하고 말았다.

어디서 나타났는지 덩치 큰 사내들이 병실 앞은 물론 복도를 점령하고 있었다.

그래서 근처에도 접근하지 못하고 애꿎은 간호사들만 닦달했다.

"왜 못 들어가는데? 왜?"

"환자분이 안정을 취해야 합니다. 정말 죄송하지만… 현재 면회는 금지되어 있습니다. 나중에 회복되면…"

VIP 간호팀의 수장이 설명하는 걸 다 듣기에는 안수연의 인내심은 강하지 못했다.

안수연은 재빨리 그녀의 말을 끊고 이렇게 말했다.

"우린 가족이에요. 피를 나눈 남매라고요. 자꾸 이럴 거예요? 저기 서 있는 사람들 믿고 그러시는 거 같은데… 흥… 나도 힘쓰는 사람 동원 못 해서 안 하는 게 아니야."

"언니 됐어. 여기서 이래 봤자 입만 아파. 아랫사람이 뭘 알아? 원장실로 가자. 원장실로 가서 우리가 누군지 당당히 말하고, 오빠 만나자."

그때였다.

안재현을 만나야 하는 당위성을 주장하는 그들의 귀에 짧고 굵은 목소리가 들렸다.

"그만들 하시죠."

"……."

"……."

뒤를 돌아보니 재권이 눈을 가늘게 뜨고 그들을 바라보고 있었다.

실랑이가 심해지자 안재현이 누워있는 병실 안에 있다가 밖으로 나온 것이다.

같이 나온 사람은 육인섭 교수.

그는 육인섭에게 고개를 끄덕이며 이렇게 말했다.

"형님이 회사 자료를 달라고 하셔서 이만 가보겠습니다. 누님들은 제가 태우고 갈게요."

육인섭이 자신의 말을 듣고 고개를 숙이는 걸 보며 다시 시선을 돌렸다.

그리고 재빨리 그녀들의 팔을 붙잡았다.

"아이고, 누님들. 저랑 같이 가서 이야기 좀 합시다. 재현이 형이 지금은… 사람들을 보고 싶지 않다고 하시니까…, 나중에 회복하시면 몇 날 며칠이고 볼 텐데, 뭐 이렇게 서두르세요? 자, 가요."

자신들의 팔을 붙잡고 하는 말.

왠지 모르게 다정다감하다고 해야 하나?

최근에 자신들을 향해 냉정했던 막냇동생이었다.

갑자기 바뀐 태도에 유구무언일 수밖에 없었다.

"아, 너희 어머니 수술하셨다고 들었는데… 잘 됐지?"

"언니는 너희 어머니가 뭐유? 그냥 어머니지."

"아, 그런가?"

확실히 지난번 찾아왔을 때도 느낀 건데, 이제 실세는 재권이었다.

그렇다면 이왕 이렇게 된 거 재권에게 잘 보이면 되지 않을까?

재빨리 얼굴을 바꾸는 그녀들은 재권의 어머니를 처음으로 그 호칭으로 불러가며 짐짓 걱정하는 눈빛을 보였다.

이 정도면 성의를 보이는 것이었는데…

다행히 그는 자신들에게 손까지 내밀었다.

"네, 걱정해주신 덕분에 아주 잘 됐습니다. 어쨌든 재현이 형님께는 제가 나중에 누님들 뵙도록 잘 말씀 드려 볼게요.

그러니까… 지금은 저와 같이 가요. 회장실에서 커피 한 잔 대접해 드릴게요."

어쩔 수 없이 내민 손을 붙잡는 그녀들.

못 이기는 척 재권의 뒤를 따라갔다.

그 모습을 지켜보면서 육인섭 교수는 고개를 저으며 쓴웃음을 지었다.

생각보다 더 잘해주고 있는 재권을 보며 눈빛에는 감탄을 담았다.

그러나 바로 그 감탄의 눈빛을 착잡함으로 바꾸며 등을 돌렸다.

다시 들어간 병실에서…

가만히 눈을 감은 안재현이 눈에 들어왔다.

육인섭 교수는 그를 향해 한숨을 내쉬듯이 말했다.

"재현아, 동생들이 이제 갔어. 오늘부터 운동도 해야 하니까… 이제 일어서자."

홀릭

HOLIC : 그의 직장 성공기

224회. 자리를 지킨다는 건…

이제는 재권에게 성혜 그룹이 꽤 익숙해졌다.

그의 형이 이 자리를 지키라고 준 곳에 적응하기까지 한 달도 걸리지 않았다.

주위의 시선이 어떻든 간에 그는 그 위치에서 최선을 다하고 있었고, 드러나지는 않았지만, 성혜는 시가총액 4위의 자리를 굳건히 지키고 있었다.

회장이 부재중인데, 현재의 성과를 유지한다는 것은 칭찬받아 마땅한 일이다.

최근 기조는 그래서 재권에 대한 평가가 달라지고 있었다.

현관으로 누나들을 데리고 들어갈 때, 그에게 인사하는

사람들의 허리 각도만 봐도 확실했다.

"오셨습니까, 부회장님?"

"부회장님."

"부회장님…."

이제는 입에 익은듯한 부회장이라는 목소리가 그들의 입에서 자연스럽게 흘러나왔다.

따라서 재권의 뒤를 따르는 누나들의 눈에는 놀라움이 섞이기 시작했다.

이제는 인정할 수밖에 없었다.

자기 형제자매 중 안재현에 이어서 재권이 이인자라는 것을.

정작 재권은 회장실로 들어갔을 때, 그 자리를 자신의 자리라고 여기지 않았다.

물론 자신의 누나들이 들어온 지금, 그는 일부러도 철저하게 상석을 차지했다.

그리고 나서 누나들에게 내민 손.

"앉으세요."

마치 손님을 대하듯이 자연스럽게 말하며 자리를 지정해 주었다.

잠시 후 여비서가 들어와서 그녀들 앞에 차를 내주자 그는 미소를 지으며 말했다.

"중국에서 직접 가지고 온 차입니다. 향이 좋습니다. 드셔 보세요."

"그래?"

"우리 막내가 센스가 있네. 내가 차 좋아하는 거, 어떻게 알고?"

눈에 보인다.

자신에게 잘 보이려고 하는 그녀들의 표정, 몸짓, 말투가.

속으로 쓴웃음을 지었다.

진작 이렇게 했었다면 얼마나 좋을까?

아버지가 살아생전에 늘 강조했었다.

가족끼리 화합하라.

아마 그 말을 마음속에 담은 사람은 자신밖에 없는 것 같았다.

아니다. 생각해보니 한 명 더 있다.

지금까지 오해해왔던 자신의 큰 형, 안재현이다.

그는 큰 울타리를 쳐 준 것이나 마찬가지였다.

만약 그가 자신을 일찍부터 품었다면 어떻게 되었을까?

지금 눈앞에 앉아 있던 안수연, 안하나와 안재열은 아마도 애저녁에 반발했었으리라.

안재현이 회장 자리에 올랐을 때 물론 그들의 견제가 있긴 했어도, 처음부터 맞서 싸웠다면, 거의 무혈입성에 가까울 정도로 성혜 그룹을 장악하지는 못했을 게 확실했다.

확실히 안재현은 수 싸움에 능했다.

다시 한 번 그에 대해 경탄스럽다고 생각한 재권이었다.

잠시 그렇게 말 없는 동안에서 그녀들의 수다는 여전했다.

한 귀로 흘려들을 말과 새겨들을 이야기를 알아서 귀가 골라냈다.

예컨대, 지금 안하나가 하는 말을 새겨들어야 한다.

"저… 그런데… 재권아. 너 알지? 저번에 백화점 재열 오빠가 완전히 개판 쳐 놓은 거. 나, 솔직히 예전부터 백화점 경영 자신 있었거든? 그래서 그런데… 큰 오빠한테 잘 말해주면 안 될까?"

"백화점이요? 괜찮죠. 저도 예전부터 작은 누님이 백화점에 관심이 있을 거 같다는 생각을 했어요."

"그래? 너도 그렇게 생각했어?"

"그렇죠. 잘됐네요. 그리고 글로벌에서도 이번에 백화점 론칭하는데… 큰 누님이 생각나더라고요. 두 분이 한번 잘 상의하세요."

이게 웬 떡인가 싶었다.

일이 왜 이렇게 쉬운지.

얼굴 가득 웃음이 맺힌 안하나가 안수연과 눈을 마주쳤다.

의기양양한 눈빛이었다.

자기 덕분에 언니도 백화점을 맡을 수 있지 않으냐?

그러니까 나한테 잘해라.

그 신호를 눈빛으로 보내고 있는데, 재권의 말이 이어졌다.

"그럼 꼭 저한테 운영 계획서 제출해주세요. 그거 보고 생각해 보겠습니다."

"운…영 계획서?"

"네, 이왕 하는 거 똑 부러지게 운영해야죠. 특히, 저번에 재열이 형님한테 불미스러운 일도 있었으니까, 더더욱 심혈을 기울여서 대중들에게 어필해야 할 거예요."

"그… 그렇긴 하지."

미소가 맺힌 표정에서 떨떠름한 얼굴로 바뀌는 데는 얼마의 시간이 걸리지 않았다.

더구나 재권의 표정도 슬슬 진지해졌다.

진짜 만만한 녀석이 아니었다.

안재현은 바늘로 찔러도 피 한 방울 나지 않을 것 같은 냉혈한인데, 막내 녀석은 조곤조곤, 할 말 다한다.

"그래서 일단 운영자로 들어가기보다는 상임이사로 부임하는 게 나을 거 같아요. 관망하는 기간도 필요하고… 아, 참고로 전 무역회사 바닥에서부터 시작한 거 아시죠?"

이제 꿀 먹은 벙어리가 되었다.

그러다가 재권의 다음 말을 듣고 또 멍해졌다.

"아마 큰 형님이 약 6개월 정도는 휴양하셔야 할 거예요. 당분간 제가 전권을 위임받았으니, 누님들과 같이 잘 운영해

나가고 싶습니다. 그러니까 언제든지 도움이 필요할 때는 제가 연락드리겠습니다."

똑똑똑.

그때 문을 두드리는 소리가 들렸다.

신지석이었다.

그는 문을 열고 고개를 숙이며 이렇게 말했다.

"화학… 대표님이 방문하셨습니다."

그 말을 듣고 고개를 끄덕인 재권은 앉아 있던 두 누나를 바라봤다.

이제 용건이 끝났으니 가보라는 은근한 눈빛.

그녀들은 쭈뼛쭈뼛 일어나며,

"그래, 그럼. 바쁘니까 나중에 또 이야기하자."

"우리 재권이가 항상 고생하지. 휴우…."

한숨까지 쉬고는 쓸쓸히 퇴장했다.

그들의 뒷모습을 의미심장한 미소로 바라본 재권은 곧 성혜 화학 대표를 맞이했다.

"어서 오십시오."

"너무 늦게 찾아뵈어서 죄송합니다."

"아닙니다. 바쁘실 텐데… 이렇게 찾아와주신 것만 해도 감사할 따름이죠."

사실 화학 대표가 와서 할 이야기는 크게 없었다.

그냥 자기 얼굴과 이름을 재권에게 각인시키기 위해서 왔다고 해도 과언이 아니었다.

물론 체면치레로,

"이번에 2차 전지 있지 않습니까? 그 신제품이 완성되었습니다. 곧 출시한다는 말씀 드리려고 왔습니다."

공치사 정도는 하며, 슬쩍 운을 띄우긴 했는데, 재권이 파악했을 거라고는 생각하지 않았다.

그래서 재권의 다음 말을 듣고 속으로 놀랄 수밖에 없었다.

"고전압 배터리팩 말씀하시는 거죠? 시스템 출력이 214ps까지 나온다는 그 괴물 배터리. 기대가 큽니다. 아마 외국 자동차 회사도 관심을 크게 기울인다고 알고 있습니다."

"아… 네, 네."

생각보다 많이 알아서 놀랐는가.

재권은 얼굴에 미소를 가득 채웠다.

그러면서 상대를 격려하는 것도 잊지 않았다.

"이게 다 현장에서 주 대표님이 지휘하신 덕분이라고 들었습니다. 앞으로도 잘 부탁드리겠습니다."

"아… 별말씀을… 감…사합니다."

당황해서 말을 더듬으며 그가 아는 가장 단순한 고마움의 표현만 입에서 튀어나왔다.

그렇게 재권의 주도하에 대화가 끝났다.

상대는 당당하면서 예의를 잃지 않은 모습에 깊은 인상을 받은듯했다.

294 **Holic**
: 그의 직장 성공기 **9**

재권은 만족한 표정을 지었다.

최근 각 계열사 대표들이 온 이유는 자신을 보기 위해서라는 걸 잘 알고 있었다.

지금까지는 소극적이었던 사람들이 드디어 적극적으로 나서기 시작했다.

안재현의 수술이 성공적으로 끝났다고 이야기 들었을 때, 그들은 직감했으리라.

당분간 재권에게 얼굴도장을 찍어야 한다는 사실을.

재권에게 잘 보여야 안재현에게 좋은 말이 들어간다.

당연히 몸을 낮출 수밖에 없었다.

"오늘 일정 더 없습니까?"

성혜 화학 대표와 본사의 중역 몇 명을 만난 후 꺼낸 이야기에 신지석이 재빨리 대답했다.

"결재할 서류가 약간 있습니다."

"가져다주세요."

"네."

그는 잠시 후 신지석이 결재서류를 가져오자 검토한 후 사인을 했다.

신지석이 자신을 쳐다보는 느낌을 받았다.

미소를 지으며 그에게 말을 던졌다.

"궁금하세요?"

"네?"

뜬금없는 질문에 신지석의 대답도 의문형이 되었다.

"형님 말입니다. 제가 신 실장님께 가지 말라고 해서…
많이 궁금하시죠?"

어떻게 알았을까?

귀신같은 부분은 정말 안재현을 닮은 것 같았다.

어차피 속여봐야 소용없다.

신지석은 솔직히, 그러면서도 혹시나 기분이 나빠지는
않을까 염려하며 조심스럽게 말했다.

"아… 네. 그게 드릴 말씀도 있고…."

신지석은 안재현의 사람이다.

최근까지 그는 재권에게 보고한 내용을 안재현에게 똑같
이 보고했다.

아니 실제로는 조금 더 추가한 것도 있었다.

그런데 이제 딱 한 사람에게, 딱 한 번만 보고해야 한다
는 이 상황에 어찌할 바를 몰라 하는 것 같았다.

그걸 눈치챈 재권이 부드럽게 말했다.

"신 실장님. 전 이 자리를 임시로 지킨다는 생각밖에 없
습니다."

임시로 이 자리를 지킨다?

시가총액 4위에 빛나는 요즘 잘 나가는 성혜 그룹의 총
수 자리를?

믿기 힘들었다.

그래서 신지석은 재권의 눈을 가만히 바라보았다.

헌데 진짜 그의 말대로 성혜의 회장실을 탐내는 빛은

전혀 보이지 않았다.

"당분간 형님을 못 만나시는 것, 보고 못 하시는 것. 그래서 답답하시다는 것."

"……."

"충분히 알고 있지만, 또한… 저를 강제로 믿어달라고 하는 말도 이해 안 되시겠지만… 어쩔 수 없습니다. 지금은 서로 믿고 가는 수밖에요."

신지석의 눈에 이채가 담겼다.

알고 있었다. 안재현에게 따로 보고하는 것까지.

알면서 모른척했다.

마음이 넓지 않으면 할 수 없는 일이었다.

다시 한 번 재권의 눈부신 성장에 감탄하고 말았다.

아까 안수연과 안하나를 데리고 와서 다독이는 모습도, 다른 계열사 대표와 중역을 주도하는 장면도 매우 신기했다.

이따금 안재현이 지니지 못한 '덕'을 지녔다는 생각이 들었다.

그렇다면 놀랍게도 카리스마와 관용이라는 덕목을 동시에 가진 사람일까?

그래서 그런지 몰라도, 그동안 안재현에게 따로 보고했던 일에 관해 입을 열고 싶었고, 실제로 신지석은 어렵게 입을 열고 말았다.

"사실은… 좀 불안한 점이 있었습니다."

"불안한 점이라니요?"

"정보팀에서 최근에… 발견해 낸 게 있습니다."

정보팀에서 발견해 낸 게 있다?

종로의 찌라시 공장에 뒤지지 않기 위해서 이곳의 정보팀도 최근 꽤 발전해왔다는 사실을 재권은 알고 있었다.

신지석이 자신에게 사소한 일을 말할 리도 없었기에 그는 부드러운 표정에서 얼굴을 굳히며 그를 바라봤다.

이야기를 풀어놓으라는 조용한 응시에 신지석은 계속 말을 이었다.

"수도 대학 병원의 VIP 병실을 출입할 수 있는 사람들을 포섭하려는 움직임을…."

"……."

"누군가가 직접 하고 다녔습니다."

"……!"

재권의 눈에 물결이 일었다.

불길한 예감을 지우기 힘들었다.

아까 오전에 민호에게 말한 것이 떠올랐다.

누군가 병원에 와서 안재현에게 위해를 가할지도 모른다는 바보 같았던 추측.

어쩌면 그 말도 안 되는 상상이 현실이 될 것 같아서 동공에 지진이 났다.

당장 안재현에게 위해를 가할 용의자를 머릿속에 떠올렸다.

신지석이 말한 '누군가…,' 대충 몇 사람으로 좁혀진다.

그중 가장 유력한 집단은…

"스카이 그룹 아니면… JJ 그룹이겠죠?"

재권의 그 말에 긍정하고 싶어하는 신지석.

자기 생각과 같았기 때문이다.

그래서 고개를 끄덕이며 확신하듯이 말을 내뱉었다.

"모든 가능성을 열고 있지만, 솔직히 제 생각도 그쪽으로 혐의가 갑니다."

그 말을 듣고 재권의 표정이 굳어지며, 재빨리 제안하듯이 말했다.

"일단 글로벌의 경제연구소와 같이 찾는 것은 어떻습니까?"

신지석의 눈이 잠시 커졌다.

나쁘지 않은 일이었다.

물론 자존심 때문에 그들에게 비교당하는 게 꽤 기분이 나빴다.

그러나 지금은 그걸 따질 때가 아니었다.

누군가가 VIP실 관계자와 접촉하려는 움직임은 매우 불길한 일이다.

안재현의 안위와 관련이 있는 상황이라 찬밥 더운밥 가릴 때가 아니니, 당연히 그 제안에 격렬하게 동의하듯이 고개를 끄덕일 수밖에.

그다음은 일사천리였다.

신지석은 바로 김명철 팀장에게 지시하러 밖을 나갔을 때, 그는 민호에게 전화했다.

　신호음이 울리고 잠시 후 민호가 전화를 받았다.

　"미안한데… 부탁할 게 하나 있다."

HOLIC : 그의 직장 성공기

225회. 먼저 먹고 나서

재권이 민호에게 이 상황을 다 말하고 전화를 끊자, 신지석이 돌아왔다.

"정보팀에 지시해놓았습니다."

"고생하셨습니다."

한결 든든해진 상황.

신지석은 재권을 보며 지난번 안재현이 한 말이 떠올렸다.

― 재권이와 상의해서 글로벌의 경제연구소와 손잡고 해. 이용할 수 있는 건 최대한 이용하란 말이야.

지금 같은 지시를 재권이 내렸다.

매우 신기한 일이었다.

"역시… 형제는 닮았습니다."

"네? 그게… 무슨…."

말을 다 잇지 못하다가 번쩍 생각나는 게 있어 재권이 다시 입을 열었다.

"혹시 이걸 수술 전에 재현이 형한테 보고했습니까?"

신지석은 미안한 듯이 고개를 끄덕였다.

재권은 살짝 얼굴을 찡그렸다.

머릿속에는 의혹이 불쑥 솟아올랐다.

'형님이 이걸 알고도… 그렇게 무방비 상태로 있었단 말이야?'

이상했다. 그가 알고 있는 안재현은 절대 그럴 사람이 아니기에.

아니면 설마 삶에 대한 의지를 놓았단 말인가.

그의 머리에 여러 가지 시나리오가 흘러가고 있었다.

혹시나 안재현이 코마 상태에 빠진 것과 지금 이 일이 관련이 있는 건 아닌지…

'휴우….'

고개를 저은 재권, 속으로 한숨을 내쉬었다.

✤

육인섭의 일어나라는 말에 안재현은 바로 눈을 떴다.

그리고 놀랍게도 몸을 일으켰다.

수술 후 3일째.

민호와 재권이 방문했을 때면…

그는 의식불명의 환자가 되었다.

그들이 자리를 지키지 않은 시간에는 주로 생각에 잠겼다.

누워서 할 수 있는 일이란 별것 없었다.

머리를 쓰는 게 1번이고, 계획을 세우는 게 2번이다.

지금은 특히.

자신을 향해 머리를 쓰는 그 누군가를 잡아내는 게 최우선이다.

다행히 이제 활동할 수 있었다.

수도 대학 병원은 그가 투자했고, 최근 VIP실은 한국에서 가장 넓고 럭셔리한 곳으로 언론에 손꼽혔다.

그가 슬슬 걸으면서 운동할 정도로.

아직 그의 성큼성큼 걷는 모습까지는 아니지만, 아니 충격 때문에 오히려 흐느적흐느적 걷는 걸음걸이에 가까웠지만.

그걸 지켜보는 육인섭 교수가 그에게 말을 걸었다.

"그런데 꼭 이렇게 할 필요가 있겠어? 최소한 재권이한테는 알리는 게 좋지 않을까?"

육인섭 교수는 안재현이 살짝 고개를 흔드는 걸 보았다.

그는 다시 입도 열지 않은 채, 천천히 걷기를 시작했다.

수술하기 하루 전 일이 떠올랐다.

그는 자신에게 부탁했다.

수술 시작부터 끝까지 철저히 자신의 주변을 감시해달라고.

또한, 수술 후에 당분간 의식불명인 상태라고 민호와 재권에게 말해줄 수 있느냐고.

이유를 물어보았지만 도통 이야기해주지 않았다.

어쩔 수 없이 고개를 끄덕였다.

그런데 언제까지 이 사실을 속일 수 있을까?

특히나, 육인섭이 보기에 민호는 눈치가 꽤 빨라 보였는데…

'들키는 건… 시간문제인데 말이야…'

고개를 젓는 노교수의 눈빛에 걱정이 스며들었다.

그걸 안재현이 본 것일까?

드디어 그가 입을 열었다.

"김민호 이 자식이 생각보다 더 철통같이 해놨네요."

"그게 무슨 소리야?"

"제가 코마 상태라는 게 은밀하게 알려지기를 원했거든요."

"뭐?"

믿기 힘든 눈빛이 육인섭의 눈에서 흘러나오고 있었다.

코마 상태라는 게 알려지기를 원했다?

육인섭의 머리로는 도저히 이해할 수 없는 이야기다.

"아저씨께 이야기한다고 해도 잘 모르실 거예요. 일
단…."

"……."

"제 전화로 신 실장과 통화할 수 없으니, 전화기 좀 빌려
주실래요?"

"응? 으응… 여기…."

안재현은 전화기를 받아들었다.

신지석의 전화번호를 외우고 있다는 의미.

그만큼 그를 신뢰한다는 뜻이나 마찬가지였다.

그렇다고 민호와 재권을 못 믿는다는 건 아니었지만, 나
름대로 계획이 있었다.

신호음이 가고 신지석이 전화를 받았을 때,

"나야. 조용히 듣기만 해. 옆에 재권이 있어?"

(네….)

"그럼 끊고 이 번호로 빨리 전화해."

(네….)

잠시 후 그에게 전화가 왔을 때, 그는 메마른 목소리를
내뱉었다.

"지금 내가 너랑 통화하고 있는 건 모두 비밀이야. 알았
어?"

(네?)

"재권이랑 민호랑… 모두 다 내가 코마 상태인 줄 알고
있단 말이야."

(헉… 아니, 왜….)

"이유는 나중에 설명해줄 테니까, 지금까지 돌아가는 상황 먼저 말해봐."

(네, 네.)

늘 사람을 의심해왔던 안재현이다.

그러나 지금 이 순간 신지석은 의심하지 않았다.

어느 순간 그를 믿게 되었다.

그리고…

재권이 잘해내고 있다는 소식에 만족한 미소를 자신도 모르게 지었다.

글로벌의 경제연구소와 손을 잡고 누군가의 음모를 찾는다는 이야기를 들었을 때에는 사뭇 진지한 얼굴이 되었다.

마지막으로,

(회장님, 뵙고 싶습니다.)

라는 말을 들었을 때.

이상하게 가슴이 약간 울렸다.

"지금은 안 돼. 지금은… 그것보다 신 실장이 할 일이 좀 있어."

(뭡니까? 말씀만 하십시오.)

언제 어디서라도 자신의 말을 의심 없이 들어주는 그에게 마음속으로 고마움을 표현했다.

나중에 다 보상하리라.

그렇게 생각하며 계획했던 것을 내뱉기 시작했다.

최근 민호의 일과 중 하나는 안재현을 찾아가는 것이다.

벌써 일주일 째.

안재현은 혼수 상태에서 깨어나지 못했다.

그 모습을 보면 점점 불안해야 하는데, 신기하게도 의혹이 점점 물밀 듯이 밀려왔다.

항상 병실을 찾아왔을 때, 어떻게 알았는지 허겁지겁 문을 열고 들어오는 육인섭 교수에 대한 의심도 생겼다.

지금도 마찬가지다.

문을 열고 들어와서 안재현에게 재빨리 다가갔을 도중에 벌써 문고리를 돌리는 소리가 들렸다.

뒤를 돌아보니 문을 활짝 열고 들어오는 육인섭 교수가 등장했다.

뛰어온 것이 분명했다.

이마에 땀이 송골송골 맺혀있었다.

호흡도 거칠었다.

민호는 어이가 없어서 그만 고개를 흔들고 말았다.

그러면서 하는 말.

"이대로 식물인간이 될 수도 있습니까?"

"하아… 그것도 제대로 말씀드리기 힘드네요. 요즘 제 입에서 모른다는 이야기만 나오니… 정말 죄송해서 얼굴을 들 수가 없습니다."

잠시 호흡을 고른 후에 대답한 육인섭 교수.

말은 그렇게 했지만, 민호는 이제 그의 눈빛에 생긴 안정감을 엿볼 수 있었다.

그래서 이렇게 말했다.

"아닙니다. 교수님이 무슨 죄가 있습니다. 죄가 있다면…."

"……."

"누워있는 사람이 죄죠."

이제야 육인섭 교수의 눈빛이 살짝 흔들렸다.

자신이 한 말의 의미를 곰곰이 생각해보는 것 같았다.

헌데 그가 생각할 틈을 주지 않고 계속 말이 이어졌다.

"교수님… 가끔 그럴 때가 있지 않습니까? 엎어진 김에 쉬어 간다고…."

"……."

"삶이 지치고 힘들 때, 잠시 하던 일을 멈추고 쉬는 것도 나쁘지 않다고 생각합니다. 그죠?"

"그… 그렇죠."

처음 봤을 때부터 속을 알기 힘든 젊은이라고 생각했다.

나중에 안재현에게 들었을 때, '역시' 라고 감탄하며 민호를 지켜봤다.

지금 직접 당하고 보니, 확실히 체감했다.

민호의 한 마디 한 마디에 생각 없이 대응하다가는 크게 당할 거라는 안재현의 경고.

경각심을 높인 눈빛으로 이렇게 말했다.

"혹시 누구 이야기인지…."

"아… 제 이야기입니다. 요즘 피곤이 쌓였나 봅니다. 그래서 저도 모르게 푸념했네요. 죄송합니다."

"아닙니다."

속으로 한숨을 내쉰 노교수.

어쩌면 자기를 시험해보는 걸 수도 있다는 생각에 계속 경계심을 곤두세웠다.

민호가 자꾸 모니터를 보는 것도 신경 쓰였다.

의학을 따로 공부하지 않은 사람이면 알아채기 힘들 텐데, 그는 왜 매일 와서 모니터를 체크하듯이 바라볼까?

마지막으로 안재현을 깊게 내려다보는 저 시선.

저게 마지막이다.

저 시선을 끝으로 언제나 자기에게 한마디 하고 나가는 게 민호의 패턴이었으니까, 이제 넘기기만 하면 된다.

그런데…

"누워있는 사람의 얼굴이 제 얼굴보다 더 좋아지고 있네요. 역시 제가 지금 생고생을 하나 봅니다."

대꾸하기 점점 힘든 말만 골라서 했다.

무슨 말을 해야 할지 잠시 고민하는 사이에 민호의 입이 또 열렸다.

"형님. 이제 형님이라고 부르겠습니다. 물론 깨어나시면 호칭이 달라지겠지만… 어서 일어나시죠."

움찔!

육인섭 교수의 몸이 잠시 흔들리는 것처럼 보였다.

다행히 등을 돌리고 안재현을 바라보고 있었기에 민호가 발견하지 못했다.

그는 민호의 음성을 듣고 다시 표정 관리에 들어갔다.

"설마 그깟 '코마' 따위에게 이대로 굴복하실 건가요?"

점점 두근거리는 마음.

이제는 안재현이 저 말에 반응할까 봐 걱정되었다.

"형님. 오늘은 저… 회사 안 나가려고요. 옆에서 형님 말동무나 해드릴 생각입니다. 형님이 좋아하시는 그림 이야기… 저, 나중에 깨어나시면 대화해보려고 그림 공부 많이 하고 있습니다. 워낙 예술에 무식한지라 대화 상대가 될지 모르지만… 그래도 노력하는 거 알아주셔야죠. 안 그렇습니까?"

민호는 경계선을 타고 있었다.

이대로 안재현이 연기하는 것인지 아니면 진짜로 코마 상태인지 알 수 없도록 애매모호한 말을 내뱉었다.

그는 여전히 미동도 하지 않는 안재현을 보며 생각했다.

둘 중 하나다.

진짜 코마 상태이거나.

그 어떤 연기자를 불러와도 절대 뒤지지 않을 연기력을 보여주고 있거나.

그렇다고 흔들어 깨울 수는 없는 일.

이쯤 해서 다시 육인섭 교수를 공략했다.

다시 안재현을 등지고 눈빛을 빛내며 입을 열었다.

"지금 이 코마 상태 말입니다. 제가 조사해봤는데, 수술 과정에서 약품 하나 넣으면 되게 간단해지더군요. 아, 물론 교수님을 의심하는 건 전혀 아니고요. 수술 당시에 혹시 짚이시는 거라도…."

"그만!"

낮지만 카리스마 넘치는 목소리가 귀에 들리자 민호의 입가에 미소가 맺혔다.

그 웃음이 맺힌 그대로 뒤돌아보지 않은 상태에서 입을 열었다.

"혹시… 언제부터 눈치챘느냐는 구태의연한 질문은 하지 않으시겠죠?"

"너 역시 왜 코마 상태인 척 했는지는 물어보지 말고 알아서 답을 찾도록."

"당연하죠. 대신 한 가지만 물어보겠습니다."

"……."

"수술 전에 말씀하신 거 있지 않습니까? 반드시 살아서 글로벌을 접수한다는 그 말씀. 사실입니까?"

그게 궁금했던가?

안재현은 드디어 특유의 뱀눈을 빛내며 입술 끝을 말아 올렸다.

"물론이다."

그제야 민호는 등을 돌렸다.

잠시 안재현의 뱀눈을 응시했다.

둘만이 이야기할 기회를 만들어주는가?

육인섭 교수가 문을 닫고 나가는 소리가 귀에 들렸다.

동시에 민호가 입을 열었다.

"잘됐군요. 그동안 심심해서 미치는 줄 알았습니다. 원체 저를 자극할만한 게 없어서요."

"이제 그런 걱정은 할 필요가 없다. 살이 떨리게 해주마. 괜히 나를 수술시켰다고, 괜히 살렸다고… 후회하며 가슴을 치게 만들어 주겠다. 다만…"

"……"

"글렌초어 먼저 먹고 나서!"

낮은 목소리지만, 강하게 강조했다.

그 말을 끝으로 아까보다 더 큰 미소가 안재현의 얼굴에 자리했고…

"좋습니다. 거기에 저도 숟가락 하나 얹을게요. 기대되네요. 글렌초어를 먼저 먹고 나서 최후의 승자 가리기. 좋은 승부가 될 것 같습니다. 하하하."

민호가 웃으며 끝마무리를 했다.

〈10권에서 계속〉

312 **Holic**
: 그의 직장 성공기 9